KB114582

Mighty Warrior
영웅병사

FANTASY FRONTIER SPIRIT
이충민 판타지 장편 소설

영웅병사 ㅋ

이충민 판타지 장편 소설

초판 1쇄 찍은 날 § 2014년 1월 14일
초판 1쇄 펴낸 날 § 2014년 1월 21일

지은이 § 이충민
펴낸이 § 서경석

편집부장 § 권태완
편집책임 § 이효남

펴낸곳 § 도서출판 청어람
등록번호 § 제1081-1-89호
등록일자 § 1999. 5. 31
어람번호 § 제1-1755호

주소 § 경기도 부천시 원미구 부일로 483번길 40 서경B/D 3F (우) 420-822
전화 § 032-656-4452 팩스 § 032-656-4453
http://www.chungeoram.com
E-mail § chungeorambook@daum.net

ISBN 978-89-251-3671-4 04810
ISBN 978-89-251-3595-3 (세트)

이충민 **판타지 장편 소설**

Mighty Warrior
영웅병사

FANTASY FRONTIER SPIRIT

청 어 람

CONTENTS

Chapter 01
흩어진 부흥군을 모아

"아이고, 감사합니다. 정말로 감사합니다."

예순은 족히 넘어 보이는 촌노가 연신 허리를 숙이며 감사를 표했다.

촌노의 인사를 받는 흰머리가 언뜻 비치는 노신사의 입가에는 자애로운 미소가 그려졌다.

"감사하긴, 나도 저분들의 지원을 받아 나눠주는 건데."

"저분들이라뇨?"

한없이 따뜻한 미소에 감복한 표정을 짓던 촌노의 얼굴에 나타난 감정은 호기심이었다.

"누구긴, 제국의 어지신 분들이지."

"…제국이… 라굽쇼?"

촌노의 얼굴엔 말 못할 미묘한 감정이 드러났다.

평생 농사짓던 땅과 사는 곳까지 빼앗겼다.

창칼을 들고 다짜고짜 토지를 한푼 어치도 안 되는 가격에 매입하기 위해 어려운 글만 잔뜩 쓰인 종이에 무턱대고 지장을 찍으라고 했다.

그렇게 농부는 땅을 뺏겨 단숨에 빈민으로 전락했다. 한데 그런 제국이 이렇게 지원해 준다고 한다.

그것이 말도 안 되는 허무맹랑임을 누구나 알 법하지만 촌노는 애석하게도 순진한 농부에 불과했던 자였다. 평생을 땅만 일군 무지렁이였다. 그런 그에게 노신사의 조곤조곤한 말은 귓속에 딱딱 들어왔다.

"제국이 향락과 사치에 빠진 로스트의 귀족과 왕족을 벌하기 위해 거병하여 이곳에 온 게 아닌가. 그들의 목적은 쓸모없는 귀족들을 벌하는 것이지, 결코 백성들에게 해를 끼칠 생각은 없어. 곧 좋은 세상이 올 게야."

누군가 그런 얘기를 한다면 듣지도 않을 것이다.

또는 제국 관리가 백날 저렇게 선전하고 다녀봤자, 아무리 촌무지렁이들이라도 듣지 않으리라. 그러나 눈앞의 노신사는 전혀 그런 인물이 아니었다.

로스트의 지성(至聖)!

로스트에서 가장 덕이 많고 어질고 학문을 통달한 천재이

자 학자, 또는 수많은 시와 책을 저술한 문인이기도 한 노신사의 이름은 언트 허밍이었다.

"아이고, 감사합니다. 저 같은 촌부에게는 그저 다 감사합니다."

촌노는 연신 고개를 숙이며 감사하다는 인사를 전하고 떠났다.

"후우, 힘들구나."

촌노가 떠나고 허밍은 한숨과 함께 어깨를 두드렸다.

"잘하셨소."

그런 허밍에게 젊은 사내가 다가와 어깨를 두드려줬다.

허밍은 그를 쳐다보지도 않고 말했다.

잔뜩 날이 선 목소리였다.

"뭐가? 나라를 팔아먹는 매국 행위를 칭찬하는 것이오?"

허밍은 방금 전까지의 따뜻한 미소를 전혀 상상도 할 수 없을 정도로 차가운 표정을 지었다.

그의 목소리는 서늘하기 짝이 없어 사내는 적잖이 당황했다. 그러나 이내 사내의 입가엔 의미심장한 미소가 떠올랐다.

"이게 어디 매국이오? 국가를 살리기 위함이오."

"국가를 살리다니. 그 무슨……."

"어차피 로스트야 멸망하지 않았소? 그럴 거면 빨리 제국과 동화되는 것이 좋소이다. 계속 반항하고 적개심만 키워 봤자 제국은 물러가지 않소. 결국 고통은 민초들만 받을 거요.

그럴 바엔 제국의 착실한 신민이 되는 게 어떻겠소? 비록 2등 신민에 불과하지만…… 당신처럼 공만 세우면 1등 신민이 되고 훈장도 받지 않겠소이까? 하하하하!"

"……."

부르르!

모욕적이기까지 한 조롱에 헤밍의 눈동자에 핏발이 섰다.

꽉 쥔 두 주먹이 부르르 떨렸지만 더 이상의 행동을 할 수는 없었다. 사내는 그런 헤밍을 재밌다는 듯 쳐다보다가 곧 자리를 떴다.

사내가 떠난 후 헤밍은 입술을 깨물었다.

"과연 나는… 나는 무엇을 하고 있는가?"

떨리는 목소리에선 진한 슬픔과 안타까움, 그리고 자괴감이 함께 묻어나왔다.

가슴에 박힌 붉은 제국 황제가 내린 훈장이 너무나 역겹게 느껴졌다.

"내가 과연 로스트의 지성이라 불릴 자격이 있는가? 대학자라고 불릴 자격이 있는가? 한낱 명예와 목숨에 구걸해 나라를 팔아먹는 난 자격이 있는가……."

그 누구에게도 하는 말이 아니었다.

본인 스스로에게 건네는 질문이었다.

지성으로 명성을 떨치던 그에게 제국은 가차가 없었다. 제국에 협조하지 않으면 그간 쌓아온 헤밍의 명성과 업적을 깡

그리 뺏거나 불태워 버릴 거라고 협박했고, 목숨마저 위협했다. 심지어는 악명 높은 백색의 방에 가두었다. 그것을 버텨내지 못한 혜밍은 결국 굴복했다.

수많은 애국지사들이 로스트를 위해 죽어나갔다. 가장 친한 친우들도 그렇게 죽어나갔다. 한데 혜밍은 살기 위해서 제국이 내민 족쇄에 스스로 발을 집어넣었다.

수많은 동료와 함께 학문을 연구하고 글을 짓던 친우들이 척박한 환경 속에서 부흥을 위해 뛰어다니는데.

"난 뭐하는 건가. 도대체……."

자괴감, 그리고 자책감.

말할 수 없는 감정에 혜밍은 고개를 숙였다.

이젠 어쩔 수 없다. 돌이킬 수 없는 강을 건넜다.

로스트의 가장 위대한 지성, 언트 혜밍.

그는 매국노였다.

＊　　　＊　　　＊

"뭐? 더 아래로 가겠다고?"

노카일이 펄쩍 뛰었다. 비첼은 주위를 슬쩍 둘러보며 낮은 목소리로 말했다.

"조용. 여긴 북부가 아니야. 곳곳에 친제국파들이 득세하는 곳이야."

"하……."

주위 탁자엔 여러 사람들이 앉아 음식을 먹고 있었다. 노카일이 큰 목소리를 내자 호기심 어린 시선이 모여들었다. 그들의 눈치를 보던 노카일은 짧은 한숨을 내쉬며 자리에 앉았다.

"……."

그의 표정은 아직도 납득할 수 없다는 듯 말했다. 하기야 그럴 수밖에 없다. 남부 도시인 요트란의 제국 관리를 죽이고 불태우기까지 했다.

남부는 지금 떠들썩한데, 비첼은 오히려 남부 더 깊숙이 들어가겠다고 하지 않는가?

호랑이의 입속으로 들어가겠다는 말과 다를 바가 없다.

노카일이 정색을 하고 물었다.

"정말, 결심한 거야?"

"그래."

"염병할 새끼. 네가 뭐 잘났다고……."

욕지거리였지만 비첼을 걱정하는 마음이 묻어났다. 비첼은 굳어진 얼굴로 얘기를 꺼냈다.

"명단에 있는 작자들의 영향력은 장난이 아니야. 점령당하기 이전에도 로스트에서 가장 존경받고 민중들의 지지를 받았던 사람들이지. 이런 자들이 제국에 돌아서서 연설 한마디라도 한다면? 제법 깨우친 이들이야 분개하겠지만 평생 밭이나 일구었던 평범한 백성들은?"

"......."

"부흥을 위해선 로스트 민중들의 지지가 필요해. 모든 게 열세인 부흥군이 앞서기 위해선 로스트의 수백만 민중과 한 마음, 한뜻으로 뭉쳐야지. 근데 갈라진다면?"

노카일도 충분히 알고 있는 사실이었다. 명단에 있는 변절자는 당연히 제거해야 할 인물들이었다.

근데 굳이 왜 비첼 본인이 나서려고 하는가?

노카일은 그것이 답답했다.

"왜 하필 네가 해결하려 하는 거야?"

"상부에 알리면 너무 늦어. 제국도 명단이 넘어간 걸 알 텐데 그들을 가만 놔둘 리가 없지. 제국으로서도 좋은 카드인데, 지키려고 하지 않겠어?"

노카일은 비첼의 의도를 파악한지 오래였다. 그러나 이번 일은 너무나 위험했다.

적어도 명단에 있는 변절자들은 아무리 비첼이라 해도 쉬이 제거하기 어려웠다. 특히나 자일론의 검사가 있다. 로스트 제일의 검이다. 비첼의 능력이 정확히 어느 정도인지 짐작하지는 못하나 자일론의 검사를 이길 순 없다.

"우선 행적이 정확한 놈부터 제거해야지. 그리고 남부 곳곳에 흩어진 부흥군을 다시 찾아 세력을 집결시키고…… 노카일, 상부로 가서 지금 이 상황들을 전해줘."

"뭐? 나보고 지금 북방으로 가라고?"

노카일이 펄쩍 뛰었다.

"지금 너 혼자 활동하겠다는 거냐?"

"그래."

"하! 미쳤구나, 정말."

비첼의 표정은 진지했다. 하나 그것이 옳았다.

일단 지금까지의 사실을 모두 상부에 보고해야 했다. 한데 중북부의 부흥군 거점은 지금 증발된 상태다. 즉, 연결 고리가 끊어져 있다는 얘기다. 또 명단에 없는 변절자가 더 있을지도 모르는 일이고, 간첩들이 어디에 침투해 있는지 알 수도 없는 노릇이다. 믿을 사람이 별로 없다.

전서구는 절대적으로 금지되어 있다. 전서구가 비둘기의 귀소본능을 이용한 건데, 그런 전서구에 추적 마법을 걸면 리바이벌의 위치가 발각되는 일은 순식간이다. 그렇기 때문에 부흥군 내에서는 몇몇 경우를 제외하곤 전서구의 사용을 금지했다.

지금 믿을 수 있는 사람은 노카일뿐이다.

"후. 그래. 어쩔 수 없는 거지."

노카일은 눈치가 빨랐다. 그는 한숨을 내쉬었다. 비첼 홀로 남부에 내버려 두고 가는 일이 마음에 걸리는지 쉬이 고개를 끄덕이진 못했다.

비첼도 노카일 홀로 보내는 걸 탐탁지 않게 여겼다.

제국 총독부에서는 금방 비첼과 노카일을 주목하고 추적

자를 붙이리라.

노카일의 검술이나 싸움 실력은 출중하나…….

모비스 같은 귀중한 기사를 한낱 간첩으로 쓰는 총독부의 배포를 보면, 추적자들도 만만치 않으리라.

딸랑.

그때였다.

식당의 문이 벌컥 열리며 붉은 제복을 입은 일단의 병사들이 우르르 들어왔다.

갑작스런 병사들의 난입에 식당안의 공기가 순간 차가워졌다.

"……."

비첼과 노카일은 서로 눈빛을 주고받았다.

병사들 선두에 서 있는 기사는 주위를 휙 둘러보다 이내 비첼에게서 시선을 멈췄다.

그리고, 그 순간!

훙훙훙!

"헙!"

비첼이 몰래 꺼내 들었던 핸드 액스가 허공을 가르며 날았다.

가공할 파공성에 식겁한 기사는 급하게 롱소드를 꺼내 들며 휘둘렀다. 푸르스름한 마나가 일시에 솟구쳤다.

째애앵!

"이노옴!"

핸드 액스는 마나까지 응집한 기사의 검을 뚫지 못했다.

바닥에 처박힌 핸드 액스!

기사의 고함이 쩌렁쩌렁 울렸다.

"꺄아악!"

"뭐, 뭐야……!"

식당 안은 순식간에 아비규환이 되었다. 비첼은 그 틈에 커다란 로브 안에 숨겨둔 브로드 액스를 휘두르며 벼락처럼 득달했다.

기사의 표정에 당혹스러움이 묻어났다.

비첼의 기백이 과연 대단했기 때문이다. 비첼과 기사는 짧은 시간에 여러 번 공격을 주고받았다.

"이럴 수가……!"

기사의 얼굴에 경악이 서렸다. 마나를 응집시키고 힘껏 휘둘렀는데 비첼의 브로드 액스는 조금의 흠집도 나지 않았다. 무기는 그렇다 치더라도 비첼은 멀쩡했다. 최고의 장인이 만들어낸 명품은 마나를 담은 일격에도 흠집 하나 나지 않을 때가 있다. 그렇지만 마나로 막아내지 않으면 상대의 속은 완전히 진탕이 될 터!

이렇게 공격을 받았으면 속이 제대로 뒤집혀야 정상인데, 비첼은 너무나 멀쩡했다.

오히려 한발 물러서 주위를 둘러보는 여유까지 보이지 않는가?

그러나 비첼은 여유를 부린 게 아니었다.

'됐군.'

비첼은 식탁 밑으로 기어 들어간 일반 시민들과 같이 어울리고 있는 노카일을 보며 고개를 끄덕였다.

비첼이 의도한 바였다.

노카일은 리바이벌로 소식을 알려야 한다. 만일 총독부의 추적선상에 오른다면 노카일로서는 버텨낼 힘이 없다.

그래서 비첼은 당장 상황을 피하기 위해 자신에게 모든 시선을 집중시키고 일부러 격렬하게 공격을 펼쳤다. 비첼은 자신에게 추적을 집중시키기 위해 한바탕 더 날뛰기로 결심했다.

그렇게 비첼이 격렬한 움직임으로 시선을 끄는 동안, 노카일은 일반 시민들과 함께 조심히 식당을 빠져나가고 있었다.

"이노오옴!"

분노에 찬 기사의 고함과 함께 날카로운 일격이 쏟아졌다.

비첼은 적당히 공격을 피하고 슬그머니 바깥쪽으로 움직였다.

그런 비첼을 막아서기 위해 몇몇 병사들이 창을 뻗으며 견제했다. 비첼은 몸을 팽그르르 돌려 창을 쳐내고 병사들의 목을 갈랐다.

후두두두!

병사들의 목을 수확하는 죽음의 농부가 그러할까. 도끼에 목이 쩍쩍 갈라지며 바닥에 무참하게 떨어지는 병사의 머리들. 그들의 눈동자에는 자신에게 무슨 일이 일어났는지도 모르겠다는 듯 의아한 기색이 어렸다.

"이익!"

공격을 요리조리 피하면서 병사들의 목숨을 앗아가는 비첼의 모습에 기사의 눈동자에 핏발이 섰다. 비첼이 마음먹고 공격을 피하기로 결심한 이상 기사의 공격이 성공하기가 쉽지 않았다. 오함족 최강인 취라타 칸도 비첼을 제대로 어찌하지 못했으니까.

그때였다.

기사는 있는 힘껏 마나를 끌어올리고, 전력을 다해 일격을 휘둘렀다.

후우웅!

가공할 파괴력과 압도적인 빠르기!

비첼도 순간 피하기 힘들리라 생각했는지 브로드 액스를 들어 올렸다.

씨익!

기사의 입가에 미소가 번졌다.

모든 힘을 다해 날리는 일격이다.

아무리 무기가 좋다 한들 막아낼 수 없으리라!

더구나 상대는 마나를 사용할 줄도 모르는 작자가 아닌가?

기사의 생각에는 전혀 이상한 점이 없었다.

하나, 기사가 생각하지 못한 부분이 있었다.

<u>스르르르!</u>

안개가 피어오르듯, 불씨가 타오르듯, 미약하게 피어오르는 희미한 연기!

비첼의 비기!

정체불명의 안개와 푸르스름한 마나가 격돌했다.

단숨에 도끼를 깨부수고 비첼을 베어버리라 생각했던 기사의 눈동자가 찢어질 듯 커졌다.

희미한 안개는 마치 마나를 분해하듯 천천히 집어삼켰다.

"헉⋯⋯!"

기사는 순간 몸에 있는 마나가 샅샅이 사라지는 듯한 느낌에 기겁하며 검을 빼고 뒤로 물러났다.

비첼은 그 기회를 놓치지 않고 문을 막고 있던 병사들을 향해 돌진했다.

푸파팍!

기사와 비첼의 대결을 넋 놓고 지켜보던 병사들은 변변찮은 저항도 못한 채 쓰러졌다.

꽝!

단숨에 문을 박차고 튀어나간 비첼!

순식간에 포위망을 뚫고 밖으로 뛰쳐나간 비첼은 수많은 인파 속으로 몸을 감췄다.

"이, 이익! 저, 저놈을 잡아라! 추적해!"

그때서야 정신을 차린 기사가 목이 터져라 외쳤다.

*　　　*　　　*

기사는 붉게 달아오른 얼굴로 고개를 숙였다.

그의 앞에는 그의 가슴에나 닿을 정도의 작은 키의 여자가 매섭게 노려보고 있었다.

여권(女權)이 다른 국가보다 현저히 약한 사회가 바로 제국이다.

전쟁을 자주 벌이는 제국에선 병사로 쓸 수 있는 남성은 존중받지만, 상대적으로 전쟁에서 병사로 쓰기 어려운 여성들은 크게 존중받지 못한다.

더구나 남자는 기사였다.

마나를 다루며 고귀한 혈통을 가지는 기사!

그런 기사가 눈앞의 여자에게 고개를 숙이고 아무런 말도 못하고 있었다.

그럴 수밖에 없었다.

붉은 제복을 입은 흑발의 여인은 키는 작았지만 주위를 아우르는 분위기만큼은 대단했다. 단지 무표정한 채 기사를 노려보고 있지만, 기사의 휘하 병사들은 마치 얼어버린 것처럼 입도 뻥끗할 수 없었다.

또한 제복을 입은 것으로 보아 장교로 보이는 여자의 가슴
엔 무수히 많은 훈장들이 빼곡히 달려 있었다.

　큰 공을 세워야만 황제나 황족들이 직접 달아주는 저 훈장
들!

　훈장이야말로 제국민이 가장 영광과 명예로 여기는 하나
의 증표!

　훈장이 있다면 계급이 상관이 없다. 아무리 계급이 낮고 여
자라 해도 훈장을 달았다는 사실 하나만으로 제국민의 깊은
존경을 받을 가치가 있다.

　그렇기 때문에 기사는 아무런 말도 못했다.

　"정말 이상하네요. 마나를 사용할 줄 모른다면서요?"

　얼음장 같이 차가운 목소리가 여인의 입에서 흘러나왔다.
기사는 말을 더듬거리며 변명했다.

　"그, 그렇습니다. 분명히 놈은 마나를 사용하지 못했습니
다."

　"그런데 크라스크 경의 검을 받아내고, 도망까지 쳤다?"

　"그것이 이상합니다. 놈은 이, 이상한… 무언가를 씁니다."

　"이상한 무언가?"

　여인의 날카로운 눈빛이 기사, 크라스크의 몸을 샅샅이 파
헤쳤다.

　마치 발가벗고 서 있는 것 같은 기분에 크라스크의 몸이 잘
게 떨렸다.

"그렇습니다. 희미한 안개로 보이는 것과 부딪치니 제 마나를 담은 검이 무력해짐을 느꼈습니다."

한 치의 거짓도 없는 진실만을 말했다.

크라스크의 눈동자를 한번 노려본 여인은 거짓이 없다 판단했는지 고개를 끄덕였다.

"좋아요. 적의 확실한 몽타주와 특징, 알고 있는 모든 것들을 세세히 적어서 보내줘요. 앞으로 추적은 저희가 맡도록 하죠. 이미 총독부에서 인가받은 사실이에요."

여인은 로스트 총독 류블로프의 인장이 찍힌 서류를 보여 줬다. 서류를 읽은 크라스크의 눈동자가 심하게 떨렸다. 여인은 그런 크라스크를 보며 차가운 미소를 지었다.

"저희 파우띠나가 이제 추적을 시작하죠."

파우띠나.

제국어로 본래 뜻은 '거미줄'.

제국 최고, 최악의 추적 집단인 거미줄, 파우띠나!

그들의 거미줄에 비첼이 걸려들었다.

*　　　*　　　*

탁탁탁탁!

오밤중에 거리를 급하게 뛰어다니는 소리가 요란했다.

로스트 전역에선 밤 열 시 이후로 통금령이 내려진다. 지금 시간은 못해도 족히 새벽 두 시는 되었다. 누가 이렇게 급박하게 뛰는가?

또한 그런 급박한 걸음 뒤로 고함이 쩌렁쩌렁 울렸다.

"멈춰라! 멈추고 체포에 응하라!"

"똑같은 패턴이군. 멈추라고 하면 멈출 이가 누가 있나."

그런 고함을 뒤로하고 도망치는 이의 얼굴에선 한줄기의 비웃음이 걸렸다.

분명 쫓기고 있는 상황임에도 추적자들을 비웃는 그의 행동은 말 그대로 배짱이었다.

하기야, 배짱이 두둑하지 못하면 애초에 시작도 못했으리라.

무너진 로스트를 일으켜 보겠다고 분연히 일어서지 않았으리라.

젊은 혈기라고 비웃는 친우들도 있었다.

'친우들은 개뿔. 개 같은 앞잡이 새끼들.'

청년의 이가 바득바득 갈렸다. 청년에겐 친우는 없었다.

한때 같이 동문수학하고 뛰어난 학자가 되어보자 했던 친우들은 모두 제국의 앞잡이가 되었을 뿐, 결코 같은 하늘 아래 그런 이들을 친우라 부를 수 없었다.

탁탁탁!

청년은 분노를 삭이며 뛰었다.

그는 이곳 지리를 훤히 꿰뚫고 있었다. 빈민가에 접어들면서 그의 움직임은 교묘해졌다. 빈민가는 집이라 부르기도 힘든 수많은 구조물이 얽혀 있었고, 골목이 수없이 많았다. 그런 골목을 뛰어다니는 청년의 움직임은 망설임이 없었다. 그를 쫓는 제국 병사들의 얼굴엔 당황함이 어렸다.

순식간에 청년의 모습이 사라졌기 때문이다. 대장으로 보이는 사내가 이를 악물며 소리쳤다.

"모두 세 명씩 짝을 지어 찾는다. 발견하면 그 즉시 체포하고, 만약 불응하면 곧바로 사살해도 좋다! 이는 총독부에서 내린 명령이다!"

"알겠습니다!"

대장의 지휘로 일사분란하게 흩어지는 병사들은 과연 제국의 병사답게 대단히 민첩했다.

"젠장!"

하나 청년의 행방은 묘연했다. 고요하기만 한 빈민가에서 대장의 분에 찬 욕지거리가 조용히 울렸다.

"헉헉……."

병사들의 기척이 더 이상 느껴지지 않자 청년은 허름한 벽에 기대 숨을 몰아쉬었다.

"제길. 더 이상 숨을 곳도 없군."

청년은 한숨을 내쉬었다.

어깨가 바위에 짓눌리듯 무겁다. 어제까지만 해도 서로 연락을 취하던 동료들이 보이지 않았다.

'잡혔겠지.'

청년의 눈동자에 처연함이 깃든다.

잡혔으면 살아날 가망은 없다. 처참하게 고문을 받고 죽거나, 그냥 죽거나 둘 중 하나일 뿐이다.

"도대체 어떻게?"

이해할 수 없는 일이 벌어지고 있었다.

남부에 퍼져 있는 부흥군 세력은 대단히 크다. 비록 남부지방은 제국화가 가장 빨리 진행되고, 앞잡이들이 굉장히 많은 곳이지만 그에 비례하여 부흥군 세력도 상당했다.

그럴 수밖에 없는 이유가 남부 부흥군의 수장은 자일론의 검사, 수드리안이었다.

로스트 최강의 기사가 이끄는데 사람들이 모이지 않을 수 없다. 더구나 남부 부흥군은 북방에 위치한 철의 여인이 이끄는 부흥군과 협력해 명실상부 하나의 단체가 되었다.

로스트의 부흥이란 목표로 뭉친 그들의 결속력은 굉장히 대단했다. 한데 하루아침에 남부 부흥군은 깡그리 와해되었다.

있을 수 없는 일이다.

아니, 이유가 있다. 단 하나의 이유가.

"누군가 밀고를 했구나!"

한탄이 터져 나온다.

그것밖엔 없다.

단숨에 와해된 것을 보면 상당히 상층부에 있던 고위층이 밀고를 했으리라.

청년은 가슴이 아팠다. 한낱 변절자 때문에 부흥의 꿈이 와르르 무너지다니…….

저벅저벅.

"……!"

그때였다.

어둠 속에서 선명하게 들려오는 발걸음 소리.

청년은 온몸에 소름이 돋았다. 언제 이토록 가까이 접근할 때까지 알아차리지 못했던가!

청년은 품에서 짧은 소도를 꺼냈다. 과일이나 벨 법한 소도였지만, 충분히 살상력을 지녔다. 청년은 소도를 꽉 쥐고 어둠 속을 노려보았다.

"누구냐!"

"부흥군이시오?"

낮게 깔리는 중저음의 목소리.

목소리엔 조금의 적의도 느껴지지 않았다. 순간 동료인가 싶었지만 그것도 아니다.

자신의 또래로 보이는 목소리지만, 그와 비슷한 나이를 가진 이는 부흥군에 없었다.

"오해하지 마시오. 제국의 병사도, 앞잡이도, 그리고 변절자도 아니오."

서서히 얼굴 형태가 보였다.

날렵한 턱선과 높은 콧대, 그리고 먹물로 그린 듯 진하고 굵은 눈썹. 잘생기고 남자답게 생긴 외모였다. 그러나 낯설었다. 처음 봤던 탓이다. 청년은 소도를 꽉 쥐고 언제든지 목에 박아 넣을 준비를 했다. 하지만 이어 들려온 말에 청년은 저도 모르게 긴장이 풀렸다.

"북방에서 왔소. 반갑소, 비첼이라 하오."

*　　　*　　　*

청년의 이름은 헤링턴이었다.

로스트 멸망 전에는 왕립 아카데미에서 학자가 되기 위해 공부하던 학생이었고, 지금은 남부 부흥군의 일원으로서 부흥을 위해 뛰어다니는 애국지사였다.

헤링턴은 비첼이 내민 신분패를 보고 울컥 눈물을 쏟았다.

유니아스가 내준 특급패로, 북방뿐 아니라 로스트 전역의 부흥군에서 통하는 신분패였다.

거의 모든 정보를 열람하고, 핵심 수뇌부를 증명하는 신분패였기에 헤링턴은 그간 마음고생으로 얻은 심경을 눈물로 쏟을 수밖에 없었다.

비첼은 쓰게 웃으며 그를 다독였다.

"반갑습니다. 정말로, 정말로⋯⋯."

"아니오. 일단 조용한 곳으로 피합시다. 어디 갈 곳이 없소?"

"웬만한 비밀 아지트는 대부분 발각되었습니다. 마음 놓을 만한 장소는 없습니다."

"윗사람들이 모르는, 아래 사람들만 아는 곳은 없소?"

"⋯간혹 같은 동료들끼리 사적인 만남을 위해 모이는 장소는 있습니다."

헤링턴의 얼굴이 딱딱하게 굳었다. 윗사람들이 모르는 장소를 찾는 걸 보면, 자신이 추측했던 바가 맞는다는 얘기였으니까. 수뇌부 중 한 명이 변절해서 밀고를 하고 만 것이다.

헤링턴은 어두운 얼굴로 골목길을 빠르게 움직이며 비첼을 안내했다.

헤링턴의 안내로 도착한 곳은 바람이라도 불면 무너질 것 같은 낡은 집이었다. 벽 곳곳에 금이 가고 오물이 덕지덕지 묻어 있고 지독한 악취가 진동했다.

악취에도 불구하고 비첼은 내색하지 않고 안으로 들어섰다. 주위를 휘휘 둘러본 비첼이 만족스럽다는 듯 말했다.

"좋습니다. 아무도 없군요."

"간혹 임무를 수행하다 모이던 장소였습니다. 특별히 약속을 하고 만나는 장소가 아닌, 단지 수색이나 잠시 피할 정도라 상부에선 아마 모를 겁니다."

"못다 한 인사를 마저 하죠. 비첼이라 합니다. 북방에서 부흥활동을 하다 이번에 남부에서 벌어진 일을 조사하기 위해 파견 나왔습니다."

"후. 그렇군요. 전 헤링턴입니다. 특별한 직책은 없고 위장 신분으로 활동했습니다."

"그간 고생이 많으셨습니다."

비첼은 자신과 비슷한 또래로 보이는 헤링턴의 얼굴에 새겨진 고통과 피곤함을 알아봤다.

비첼이야 유니아스의 전폭적인 지원으로 그렇게 큰 위험 없이 활동해 왔지만 헤링턴은 다르다.

남부 부흥군이 사실상 와해된 상황에서 그저 평범한 부흥군 요원에 불과한 헤링턴은 갖은 고초를 겪었으리라. 그럼에도 포기하지 않고 부흥을 위해 노력하는 그 순수한 애국심은 비첼로서도 존경해 마지않는 점이었다.

"고생은요. 근데 북방은 어떻습니까?"

"북방은 평안합니다. 오히려 세력이 더욱 강대해졌죠."

"그렇군요."

비첼의 대답에 헤링턴은 부러움을 숨길 수 없는, 그러면서도 잔뜩 고무된 표정으로 고개를 끄덕였다.

이미 남부 부흥군이 와해된 이상 철의 여인이라는 걸출한 지도자가 이끄는 북방 부흥군이 굳건하다면 부흥의 꿈은 결코 머지않았기 때문이다. 비첼은 그런 헤링턴의 마음을 읽고 미소를 지었다.

"그간 어떤 일이 있었는지 설명해 주실 수 있습니까? 남부 부흥군이 대부분 와해된 것은 확인했지만, 정확한 연유가 필요합니다."

비첼이 눈을 빛냈다.

순간 폭사되는 살기, 그리고 독기에 가득 찬 시선을 마주한 헤링턴은 심장이 욱신거리는 기분이었다.

'평범한 자는 아니구나.'

자신의 또래로 보이지만 결코 평범치 않다.

헤링턴은 비첼이 범상치 않음을 깨닫고 그간 있었던 사정을 설명했다.

"…그렇게 된 겁니다. 제가 높은 위치에 있던 적이 없어 더 자세한 사정은 모릅니다만, 제가 우려하는 바는 누군가 밀고를 하지 않았는가…….."

"우려하는 바가 맞습니다. 헤링턴 씨."

비첼의 단호한 음성에 헤링턴은 고개를 떨궜다.

헤링턴이 우려했던 바는 바로 상부에서 변절자가 부흥군에 대한 정보를 밀고했다는 것이었다. 한데 그걸 너무나 단호하게 말하니 순간 좌절감이 몰려왔다.

"이곳에 오기 전에 요트란에 들렀습니다."

"요트란이요?"

"그곳에서 이걸 발견했죠."

비첼은 품속에서 접혀진 서류를 꺼내 보여주었다.

서류를 받고 살피던 헤링턴의 두 눈이 경악으로 찢어졌다.

"이, 이게 정, 정말이오?"

"요트란 관리를 죽이고 얻은 것이죠."

"그, 그러면 얼마 전 있었던 방화 사건이……."

비첼은 묵묵히 고개를 끄덕였다.

요트란에 있는 제국 관리가 죽고 관저를 중심으로 크게 화재가 일어나 많은 병사와 기사들이 다치고 죽은 사건은 이미 남부 전체에 쫙 퍼졌다.

소식을 들었던 헤링턴은 뿔뿔이 흩어진 부흥군 중 누군가 벌인 일이리라 짐작했었다.

얼마나 속 시원했던가!

요트란은 국가전복죄라는, 극악무도한 반역죄라는 명목으로 부흥군을 잡아 가두던 도시였다.

그 도시의 관리를 불태워 죽였으니 통쾌함에 몸을 떨지 않을 수가 없었다.

천지가 개벽하듯 심장이 뛰지 않으랴!

한데 그 사건의 주인공이 눈앞에 있으니 어찌 놀라지 않겠는가. 그러나 놀람도 잠시, 헤링턴은 명단을 보고 착잡하고도 참담하기 짝이 없는 심정이었다.

"하면 이 명단이 정말……."

"물론 총독부에서 우리의 분열을 야기하기 위해 조작한 서류일 수도 있지만, 헤링턴 씨의 이야기를 들어보니 높은 위치에 변절자들이 다수 있다는 것은 심증을 넘어 확신이 드는군요."

"믿기지가 않습니다. 여기 있는 사람들은 다 로스트의 기둥들인데. 자일론의 검사라니! 우리 남부 부흥 운동의 중심이자 지주였던 분이 아닙니까. 어떻게……."

비첼은 입을 다물었다.

부흥만을 위해 열정과 젊음을 바치던 이 젊은 애국지사에겐 변절자의 명단이란 충격에 가까운 것이었다. 추악하기 짝이 없는 진실을 보았는데 어찌 떨지 않으랴.

비첼마저도 로드니악에게 들었을 때, 그리고 직접 두 눈으로 명단을 확인했을 때 믿기지 않아 몸을 떨지 않았던가.

한동안 불신과 경악, 그리고 두려움에 몸을 떨던 헤링턴은 오랜 시간이 지나서야 고개를 들었다.

비첼은 그때까지 묵묵히 서 있었을 뿐이다.

"이 자들이 정녕 다 변절자라면, 우린 어떻게 해야 합니까?"

남부 부흥 운동의 중심이 변절자임이 밝혀졌다.

그런 중심으로 모여 부흥을 위해 온몸을 바치던 청년 헤링턴은 더 이상 어찌해야 할지 갈피를 잡을 수가 없게 됐다.

그에겐 기댈 수 있던 기둥이 사라졌고 치가 떨리는 배신감에 무기력해질 수밖에 없었다.

그런 헤링턴은 비첼에게 길을 물었다.

이젠 어찌해야 되느냐고.

철저하게 와해된 남부 부흥군을 어찌하면 되겠느냐고.

비첼이 답했다.

"모두, 모이는 일부터 시작합시다. 제국의 추격을 피해 뿔 뿔이 흩어진 부흥군을 다시 모으는 일부터 차근차근, 그리고 변절자를 제거해야 하지 않겠습니까?"

Chapter 02
털보

"이 개새끼들. 그래, 다 같이 죽자! 지옥으로 가는 길, 같이 가자!"

쥐도 궁지에 몰리면 고양이를 무는 법이다.

굳이 고양이뿐이겠는가?

막다른 길에 몰리면 고양이뿐만 아니라 호랑이도 무는 게 본성이다.

피를 토하며 검을 휘두르는 중년인은 붉게 충혈된 두 눈동자로 독기를 뿜어댔다. 살기가 넘실거렸다.

포위해 들어가던 제국 병사들이 남자의 기세에 흠칫해 더 이상 다가가지 못했다.

"뭐하느냐! 놈은 혼자다! 체포에 불응하면 죽여 버려!"

병사들의 뒤로 고급스런 의복을 입고 있는 제국 관리가 바락바락 소리 질렀다.

관리의 고함에 병사들은 입을 굳게 닫고 조금씩 중년 남성을 포위해 갔다.

중년 남성은 한 치의 두려움도, 그리고 고통도 없는 표정이었다.

죽음에 초연해진 것일까.

"쳐라!"

관리의 고함을 신호로 병사 둘이 기합을 내지르며 검을 쭉 뻗어왔다.

하나같이 흔들림 없는 모습이 정예임을 보여주었다. 하나 중년 남성은 당황도, 떨지도 않고 침착하게 검을 받아넘겼다. 그도 만만치 않은 자였다.

째앵—!

금속 간의 충돌음과 동시에 중년 남성의 몸이 벼락처럼 움직였다.

달려들던 검을 막고 곧바로 반격을 가하는 중년 남성의 실력은 범상치 않았다.

푸욱!

"꺽!"

병사의 목에 검이 박히고, 흡사 짐승의 울부짖음 같은 괴성을 내며 쓰러졌다.

너무나도 쉬이 병사들을 죽이는 모습에 포위를 좁히던 병사들의 얼굴이 딱딱하게 굳어졌다.

"이익, 뭐하느냐! 놈은 하나라고, 제국의 은혜를 저버린 저 흉악한 불순분자를 잡아! 아니, 죽여!"

관리는 그런 모습에 더욱 악을 썼다.

아무리 행정권과 군권이 분리되었다고 해도 행정을 담당하는 관리가 개인의 신변이나 가족의 안전을 위해 최소 열 명 정도의 병사를 다룰 수가 있다. 그래서 관리는 자신이 담당하는 지역에 제법 악명이 높은 불순분자의 흔적이 발견됐단 소식을 듣고 공을 세우기 위해 부랴부랴 병사를 이끌고 이곳에 온 것이다.

기습을 통해 성공적으로 포위했다.

하나 놈은 만만치가 않았다.

두려움에 떨기는커녕, 오히려 같이 죽자며 독기를 뿌려댄다.

그러한 모습에 관리의 등에도 식은땀이 흘렀지만 여기서 물러설 수는 없다.

이미 망해버린 로스트를 부흥시키고자 제국을 저버리는 불순분자를 체포, 아니 제거라도 한다면 총독부로부터 큰 상을 받을 수 있다.

그런 욕심에 관리는 치안대를 비롯한 병사들을 부를 생각도 하지 않았다.

오로지 자신이 공을 독점하기 위해서였다.

"끄아악!"

"끄윽!"

그렇게 세 명의 병사 더 죽어갔다.

그러나 아무리 뛰어난 무인이더라도 정예병 열 명을 모두 상대하는 것은 불가능하다.

마나를 다루는 기사라면 모를까. 중년 남성은 애석하게도 무인이었을 뿐, 기사는 아니었다.

"끄윽!"

그때 중년 남성이 신음을 토하며 한쪽 무릎을 꿇었다. 뒤에서 접근했던 병사의 창이 종아리를 꿰뚫었다.

중년 남성은 무릎을 굽히면서도 최대한 검을 휘둘러 앞에서 달려오던 병사의 복부를 찔렀다.

푹!

"꺼억!"

째재재쟁!

그러나 그것이 마지막이었다.

남은 병사는 네 명.

그 네 명의 창끝이 일제히 중년 남성의 목에 겨누어졌다.

"불순분자 자식! 순순히 포박에 응해라!"

관리가 잔뜩 기고만장해진 표정으로 외쳤다.

하나 중년 남성은 전혀 기죽은 표정이 아니었다. 오히려 그의 입가에는 희미한 조소마저 어리고 있었다.

"누굴 불순분자라 하는가! 난 하늘에 우러러 조금의 거짓도 없이 나라를 위해 검을 휘둘렀고, 싸웠고, 그리고 이곳에 있을 뿐이다. 엿 같은 니들 황제에게 전해라! 내가 죽고, 내 동료들이 죽고 아무리 죽이고 또 죽여도, 부흥의 불길은 꺼지지 않으리라고!"

거침없는 독설에 관리는 질린다는 표정을 지었다. 보아하니 순순히 포박에 응할 것 같지 않았다. 관리는 병사들에게 눈짓을 줬다. 당장 죽여 버리라는.

죽음이 코앞에 왔음을 느꼈음인가? 중년 남성의 얼굴엔 결연한 각오가 어렸다.

"나, 미하일! 로스트 왕가를 수호하던 왕실 근위병으로서, 왕가의 부흥을 위해 노력하다 죽으니 결코 한 점 부끄러움이 없으랴!"

중년 남성, 미하일은 피를 토하듯 외쳤다.

죽음을 코앞에 두고도 의기를 잃지 않는 그 모습에 관리의 표정은 더없이 딱딱해졌다.

"죽여!"

관리의 고함, 그리고 병사들이 일제히 미하일의 목으로 창을 찔러갔다.

슈웅!

공기를 찢는 듯한 소름끼치는 파공성이 귓가에 꽂혔다.

미하일.

로스트 왕가를 수호하던 왕실 근위병으로써 살아온 그는 로스트가 멸망하던 그날, 평생을 모신 왕가를, 왕국을 부흥시키겠다고 부흥군에 몸을 바친 애국지사였다.

'이젠, 끝인가?'

죽음이 두렵진 않다.

그러나 아쉽다.

미하일은 너무나 아쉬웠다. 죽음이 아쉬운 게 아니었다. 꼭 보고자 했던 로스트의 부흥을 보지 못하고 죽는 것이 더없이 아쉬울 뿐이다.

평생의 꿈인데, 30년 평생을 왕가를 위해 충성했는데…….

'제국으로 끌려가신 삼 왕자 저하께서는 괜찮으실지.'

죽는 그 순간까지도, 미하일은 왕국과 로스트 왕가의 미래를 걱정했다.

그때였다.

소름끼치던 파공성에 두 눈을 질끈 감았던 미하일은 아무런 고통이 느껴지지 않자 눈을 뜰 수밖에 없었다.

그리고 그의 시야로 펼쳐지는 모습은 전혀 상상도 못했던 것이었다.

빠각!

"으아악!"

어디선가 날아온 작은 핸드 액스에 병사의 가슴이 쩍 벌어지며 시뻘건 피가 솟구쳤다.

얼굴에 피가 흠뻑 흩뿌려진 미하일은 정신을 차릴 수가 없었다.

핏물이 가려 희미해지는 그의 시야로는 갑자기 등장한 한 사내가 무참히 병사들을 죽여 버리는 모습이 비쳤다.

"네, 네 이놈! 내가 누군지 아… 껵!"

서걱!

그리고 오만하기 짝이 없던 관리는 고래고래 소리를 지르다 그대로 목이 잘렸다.

마른하늘에 날벼락이 치는 듯한 급박한 상황에 미하일은 경황이 없었다.

그러나 이내 귓가에 꽂히는 중저음의 목소리에 저도 모르게 웃음을 터뜨렸다.

그것도 통쾌하기 짝이 없는 대소(大笑)를.

"부흥이 아직 이뤄지지도 않았는데 죽으면 어떡합니까? 남부 부흥군 소속 미하일 백인장님."

예상치 못한 곳에서 구원의 손길을 내민 이는 다름 아닌 비쳴이었다.

*　　　*　　　*

로스트 총독부 총독관저.

류블로프 총독은 아침부터 들어오는 소식에 잘생긴 얼굴을 찌푸릴 수밖에 없었다.

"이게 지금 무슨 얘기지?"

잔뜩 날이 선 목소리였다.

탁자 앞에서 고개를 숙이고 있던 중년 남성의 허리가 더욱 숙여질 수밖에 없었다. 중년 남성은 조심스럽게 입을 열었다.

"며칠 전부터 부흥군 잔당 색출에 문제가 생기고 있습니다. 체포만을 앞두고 일이 실패하는 경우가 많고, 또 추적에 나섰던 병사들이 시체로 발견되고, 심지어는 기사도 한 명이 죽었습니다."

"……"

류블로프는 더욱 미간을 찌푸렸다.

벌써 거의 서른 명이 넘게 색출에 실패했다. 심지어는 색출에 나섰던 병사들이 죽고, 기사마저 죽는 일이 발생했다. 패잔병처럼 뿔뿔이 흩어졌던 부흥군을 색출하는데 이런 피해가 발생했다는 사실은……

"놈들이 조직적으로 대항하고 있다는 것인가?"

"아무래도 그렇게 판단됩니다. 하나 대규모로 움직이는 것 같지 않습니다. 고작 백여 명도 안 되는 인원들이 대항하고 있는 것 같습니다. 색출에 실패하는 경우가 많아지고 있긴 하지만 아직도 곳곳에서 불순분자들이 색출되어 체포당해 오고 있습니다."

"이건 규모가 문제가 아니야! 문제는 놈들이 조직적으로 행동하고 있다는 거지!"

꽝!

류블로프의 얼굴이 순간 악귀처럼 일그러졌다.

탁자를 강하게 내리친 류블로프의 주먹이 분노로 부르르 떨렸다. 총독부가 마음만 먹는다면 대군을 이끌어 부흥군을 단숨에 무너뜨릴 수야 있다. 그러나 그러지 못하는 이유는 바로 놈들의 조직적인 움직임에 있었다.

솔직히 아직도 총독부에선 놈들의 정확한 본거지를 파악하지 못하고 있었다.

로스트 제일의 검인 자일론의 검사가 변절하면서 남부에 위치한 부흥군은 와해시킬 수 있지만, 로스트 전역에는 아직도 수많은 부흥군들이 존재했다.

그들의 근거지를 알아내지 못하고 급하게 일망타진하고자 하면 놈들은 더욱 깊은 곳으로 숨어서 저항할 것이다.

류블로프는 그래서 부흥군이 조직적인 움직임을 할 수 없도록 남부 부흥군을 철저히 와해시켰다. 고위급 인사들을 대부분 포섭하고, 그렇지 않은 자들은 모두 죽여 버렸다.

남부에서 가장 강한 세를 자랑하던 부흥군이 하루아침에 무너진 데에는 이유가 있었다.

"누가 흩어진 불순분자들을 규합하고 있나? 조직을 이끌

만한 놈들은 대부분 변절하거나 죽었잖아?"

그랬다.

남부 부흥군에는 흩어진 부흥군들을 한곳에 모을 수 있는 강력한 카리스마를 가진 지도자가 없었다.

총독부에서 철저한 계획으로 변절시키거나 죽였기 때문이다.

"그것은 아직……."

"하, 미치겠군. 지금이야 소규모라지만 저들이 점차 세를 넓히면 지금까지 했던 일이 다 쓸모가 없게 된다고!"

"파악한 바로는 아마도 북방에 위치한 부흥군이 움직이지 않았을까 추측됩니다."

"북방?'

"조사한 바로는 북방과 남부로 부흥군 세력이 크게 나뉘어져 있습니다. 이들은 사실 다른 단체나 다름없지만 끊임없는 협력으로 인해 거의 하나의 단체처럼 움직이고 있습니다. 특히 북방은 아무런 정보가 거의 없을 정도로 폐쇄되어 있어 그 위험성과 잠재력은 함부로 추측할 수 없습니다."

"그럼 북방에서 남부 부흥군을 규합하고 있다?'

중년 남성은 조용히 고개를 끄덕였다. 류블로프는 화를 식히고 다시 자리에 앉았다. 중년 남성의 의견은 어느 정도 타당한 면이 있었다.

북방에도 부흥군 세력이 존재한다는 것은 총독부의 시야

에 잡혔지만 그 이상 알고 있는 바는 없다.

　워낙 철저하게 은폐되어 있고 북방 대부분에 제국화가 가장 진행이 되지 않는 곳이기도 했다.

　"후. 알겠네. 그러면 남부 주둔군의 병력 수를 더 늘리고 더욱 철저하고 집요하게 색출에 나서도록 해."

　"알겠습니다."

　"아, 그리고 저번에 파우띠나가 추적에 나섰던 그놈은 어떻게 됐나?"

　"지금 파우띠나의 수장이 직접 나서 추적 중입니다."

　류블로프는 고개를 끄덕였다. 파우띠나의 실력이라면 충분히 추적을 완벽하게 수행할 수 있으리라.

　이왕 이 기회에 파우띠나의 실력으로 베일에 가려진 북방 부흥군을 파악해 보는 것도 나쁘지 않을 것 같은 생각이 들었다.

　"흠? 그래? 추적하는 거 한번 제대로 해보라고 해. 보아하니 그놈도 북방에서 온 것 같은데, 이왕에 북방에 가서 파악 좀 해보라고."

　"…그것이… 파우띠나는 현재 남부에 있습니다."

　"뭐?"

　"놈이 남부를 헤집고 다니고 있다고 합니다."

　류블로프는 순간 머릿속에 불안한 생각이 스쳤다.

　만일.

"그놈이… 북방에서 내려와서 흩어진 불순분자들을 조직화하고 있는 거라면?"

"……."

류블로프가 생각하고 싶지 않은 결과가 나올지도 모른다.

*　　　*　　　*

"여깁니다. 여기로 가야 합니다."

비첼은 단호한 목소리로 말했다. 그러자 주위에 있던 사람들의 얼굴이 굳어졌다.

비첼이 지도에서 손가락으로 짚은 곳은 다름 아닌 프랑크바크 수용소였다.

"대부분 부흥군 동지들은 이곳에서 고문을 당하다 죽어갑니다. 지금 이 순간에도 갖은 고초를 겪고 있는 분들이 계십니다. 그분들을 구해야죠."

비첼의 목소리는 단호했다. 하나 다른 사람들은 그 말에 동의를 하면서도 선뜻 고개를 끄덕이지 못했다.

"자네의 말이 옳아. 그곳에 있는 동지들을 구해야 하는 게 순리지. 하지만 우린 고작 사십 명도 안 되네. 이런 숫자로 로스트에서 가장 크고 악명이 높은 프랑크바크 수용소를 습격하자? 무슨 방도가 있는가?"

왕실 근위병 출신으로 남부 부흥군에서 백인장을 맡고 있던 미하일이 반박하고 나섰다.

프랑크바크 수용소는 로스트의 프랑크바크 영지에 설치된 수용소였다.

그곳엔 수많은 로스트 부흥군들이 잡혀 있었는데 가장 악질적인 고문이 행해지고 하루에도 수십 명이 죽어나가는 곳이었다.

수많은 애국지사들이 그곳에서 목숨을 잃었다. 로스트 부흥군으로서는 애한이 깃든 장소였다. 그곳에 있는 부흥군 동지들을 구출하자는 비첼의 의견에 이곳 사람들은 전부 찬성했다. 하나 방법이 문제였다.

이곳에 있는 사람은 고작 서른 명 남짓.

이 숫자로 제일의 규모를 자랑하는 프랑크바크 수용소를 습격하자? 특별한 방법이 없다면 개죽음이다. 이곳에 있는 사람들 대부분이 비첼로부터 구함을 받은 사람들이라지만 선뜻 비첼의 의견에 동조할 수가 없었다.

"방도는 없습니다. 찾아봐야죠. 그렇다고 손 놓고 있을 수는 없는 일입니다."

"지금 당장 프랑크바크 수용소를 습격하는 일은 아무래도 무리일 것 같네. 지금까지 해왔던 것처럼 곳곳에 흩어진 요원들을 구하고 새롭게 조직하는 부흥군으로 포섭을 하는 것이 더 좋지 않겠나?"

미하일의 의견은 이곳에 있는 대부분 사람들의 의견이었

다. 미하일은 어느덧 그간 경험이나 실력 때문인지 이곳에 모여든 부흥군을 대표하는 목소리를 내고 있었다. 비첼과 서로 엇갈린 적은 없고 한마음 한뜻으로 행동해 왔기에 지금까지 무리 없이 비첼의 의견을 따라왔었다.

그러나 지금은 아니었다.

이곳에 있는 자들이 대부분 비첼의 계획대로 구함을 받고 제국의 추적으로부터 벗어난 이들이지만, 이번만큼은 비첼의 의견에 동의하지 않았다.

그만큼 이번 일이 무리임을 알고 있었기 때문이다.

비첼도 고개를 끄덕였다.

"물론 그 일은 계속 해야 합니다. 여러분도 알 겁니다. 제국의 추적은 정말 피가 말리는 것임을."

"그럼. 그래서 우리 모두가 자네에게 고마워하는 게 아닌가. 흩어진 부흥군을 적은 수라지만 이렇게 모으고 있으니."

"문제는 이제 시간이 없다는 겁니다."

"시간이 없다?"

"이제 총독부에서도 저희의 존재를 어느 정도 눈치를 챘을 겁니다. 그러면 서서히 추적해 오겠죠. 개인을 일일이 추적하는 게 아니라 점차 다시 힘을 모으고 있는 우리 조직을 말이죠."

"음!"

제국의 무서운 정보력과 추적 능력을 떠올린 미하일이 침음성을 내뱉었다.

"총독부가 우리를 주목한 이상, 지금까지 한 것처럼 동지들을 구해내는 것은 어렵습니다. 그렇지 않아도 어제 헤링턴이 보고한 바로는 제국 병사들의 숫자가 더욱 늘었다고 합니다. 병사들의 숫자가 많아지고 결정적으로 기사들이 전면에 나서 부흥군 색출에 앞장선다면?"

"……"

미하일을 비롯한 부흥군 요원들은 말을 하지 못했다.

이곳에 기사를 상대할 수 있는 사람은 비첼밖에 없었다. 지금처럼 뿔뿔이 흩어진 부흥군을 모으는 일에만 집중하다가 기사들이 전면에 나선다면 오히려 역풍을 맞을 수밖에 없다.

특히 삼십 명 남짓한 지금 세력으로는 한 번 역풍을 맞으면 겨우 다시 조직되고 있는 남부 부흥군이 먼지처럼 사라져 버릴지도 모르는 일이다.

즉, 세력을 키워야 한다.

한참 성세를 구사하던 때는 아니더라도 적어도 총독부에게 날카로운 비수가 될 수 있는.

그렇게 세력을 키우면 뿔뿔이 흩어진 부흥군이 모여들 것이다.

비첼은 그러기 위해서 프랑크바크 수용소를 습격하자는 주장을 하고 있었다.

"현재 수용소에 끌려간 남부 부흥군 요원들과 병사들의 숫자는 대략 팔백 명으로 파악됩니다. 무엇보다 문제는 이분들에게는 확실히 실력이 있고, 부흥군이 와해되기 전에도 남부 부흥군에서 제법 실질적인 힘을 갖고 있는 핵심 인사들이라는 겁니다. 이분들을 구출할 수만 있다면 남부 부흥군이 재조직되는 일은 문제도 아닙니다."

프랑크바크 수용소가 가장 악질적일 수밖에 없는 이유가 있다.

그곳에 수용되는 수용자들 대부분이 제국에서 더 이상 손을 쓸 수가 없는 열렬한 부흥군이었다.

로스트의 부흥을 위해선 목숨을 초개 같이 던지는 그런 이들이 대부분이었다.

그래서 수많은 고문 끝에도 결코 굴하지 않고 결국 죽음을 택하는 이들이 대부분이지 않은가.

그곳에 갇힌 이들만 구해낸다면 그들을 따랐던 의기 높은 청년들도 다시 모여들 것이리라.

그들로 하여금 칼을 들게 하여 병력을 꾸린다면 단숨에 세력을 확장할 수 있다.

북방과는 달리 남부에는 인구가 밀집되어 있었다.

이곳이 아무리 제국화가 가장 빨리 진행되고 친제국파 인사들이 많아도 그에 비례하여 애국심 깊은 청년들도 많았다.

"방도가 없으면 만들어야 합니다."

비첼이 눈을 빛냈다.

"수용소 내 수감자들의 숫자는 변동이 심해. 어제만 해도 수십 명이 죽어나갔거든. 그에 비례해서 그만큼 인원이 또 수용되고……."

헤링턴이 그간 조사한 결과를 줄줄이 말했다.

"경비 인력은?"

"외부 경비를 맡은 병력도 대략 백육십 명 정도. 이십 명씩 한 조가 되어서 동서남북으로 총 팔십 명이 지키는데, 2교대인 것 같아. 그래서 애들 피로감도 심해 보이고, 의외로 허술한 구석이 많아."

그간 헤링턴은 프랑크바크 수용소 근처에만 머물렀다. 그의 정보는 꽤나 정확했고, 핵심만을 말했다.

비첼은 고개를 끄덕였다.

"간수들은 얼마지?"

"대략 백 명이야. 문제는 애들이 아주 독종들이거든. 실력도 다 정예 중의 정예인 애들이고."

"하기야 그렇겠군. 팔백 명이나 되는 인원을, 그것도 다 한가닥하는 사람들을 관리하려면……."

"결국 외부 경비를 뚫고 들어가도 내부에 있는 간수들이 문제야. 우리 숫자가 고작 서른넷인 것을 생각하면… 만만치 않은 숫자야. 더 심각한 문제는 경비가 뚫리고 나면 채 십분도 안 되서 프랑크바크의 치안대 병력이 출동할 거라는 거지. 알다시피 치안대의 대장은 기사고."

사실 프랑크바크 수용소를 습격하는 건 준비만 잘하면 어렵지 않다.

문제는 습격한 이후에 팔백 명이나 되는 대규모 인원을 치안대가 도착하기 전에 안전하게 빼돌려야 하는데 고작 서른 명 안팎의 인원으로는 절대 불가능한 일이다.

헤링턴은 난처한 표정을 지었다.

헤링턴과 비첼은 서로 나이가 엇비슷해서 서로 편하게 대하고 있었다. 헤링턴으로서는 특급 신분패를 지닌 비첼이 함부로 대하기 부담스럽기도 했지만 서로 뜻이 같다는 공통점 하나로 제법 친해진 상태였다.

비첼의 의견이라면 거의 무조건적으로 찬성하고 나서는 헤링턴이었지만 그도 이번 일만큼은 무리라는 걸 느끼는 듯했다.

"아무래도 무리야. 외부 병력을 뚫고 간수들까지 뚫는다 해도 팔백 명이나 되는 대인원을 빼돌리기란 거의 불가능이야. 프랑크바크 치안대장인 드미트리는 아주 대단한 기사라는 얘기가 있어. 치안대 병력 수도 일천이나 된다고."

프랑크바크는 대영지였고, 또 주요 시설인 수용소가 있어 단순한 치안 병력만 해도 일천이 넘었다.

거기에 영지를 지키는 병력까지 생각하면 상상도 못할 숫자다.

"대단하군. 그런 곳에서 무사히 잘도 빠져나왔으니."

비첼은 그런 프랑크바크에서 일주일 넘게 머물렀던 헤링턴에게 순수한 감탄을 터뜨렸다.

헤링턴은 첩보에 충분한 재능이 있었다. 신분을 위장해서 곳곳에 스며들어 첩보 활동을 펼치는데 능했다. 그래서 이번에도 헤링턴은 거의 성공적으로 정보를 염탐하고 왔다.

좀처럼 듣기 힘든 비첼의 칭찬에도 헤링턴은 난처한 표정을 풀지 못했다.

"후, 지금 그게 문제가 아니야. 정말 가능할 거라고 생각해? 우리 숫자로?"

"불가능하지."

비첼은 순순히 인정했다. 아무리 비첼이 날고 기어도 어찌할 방도가 없다. 숫자에서부터 차이가 심했고 무엇보다 이쪽은 팔백 명을 빼돌려야 하는 입장이었으니까.

"치안대가 문제야. 치안대."

확실히 문제는 일천이나 되는 치안대였다.

치안대만 배제가 된다면 수용소를 습격하는 일은 어렵지 않다.

"치안대만 묶어두면 되는 거지?"

"무슨 방법이 있어?"

비첼의 물음에 헤링턴이 눈을 동그랗게 떴다. 비첼은 대답 대신 의미심장한 미소를 지었다. 마치 누군가를 그리워하는 듯한 음성이 흘러나왔다.

"오랜만에 만나겠군. 그 양반……."

"……?"

뜻 모를 말에 헤링턴은 고개를 갸웃할 뿐이었다.

*　　　*　　　*

모노리안시는 프랑크바크, 파파란 영지와 함께 3대 남부도 시라고 불렸던 대도시였다. 그런 모노리안시는 제국에 의해 점령된 이후 많이 정체됐지만 여전히 가장 큰 도시 가운데 하 나였다. 그런 대도시에는 필연적으로 어두운 면이 있었고, 뒷 골목을 장악하는 주먹패도 당연히 있었다.

그런 주먹패 중에서도 철심장이란 별명을 가진 사내는 단 연코 최고의 주먹 중 하나였다.

그런 철심장의 기분이 좋지 않는 날에는 꼭 주위에 비명이 들렸고 피가 흘렀다.

"뭐? 보스를 만나겠다는 놈이 있다고?"

철심장은 수하의 말에 눈을 크게 떴다. 그는 수하의 얼굴을 샅샅이 살폈다.

수하는 흑곰이란 별명으로 유명했다.

이쪽 바닥에서 제법 잔뼈가 굵은 놈으로, 주먹이라면 철심장 본인도 함부로 하기 어려운 녀석이다. 한데 흑곰의 얼굴에 누군가에게 잔뜩 얻어맞은 것처럼 피멍이 가득했다.

"예. 다짜고짜 대보스를 만나겠다고……."

"하! 어떤 놈이 미쳤다고? 혹시 저번에 무너져 버린 피르콘 애들이냐?"

피르콘은 모노리안시에 붙어 있는 작은 도시였다. 그런 피르콘을 장악한 주먹패가 있었는데, 얼마 전 철심장이 세력을 넓히기 위해 그곳을 장악했었다. 그 과정에서 피르콘의 주먹패들은 포섭되거나 사라졌다.

철심장은 혹여 피르콘에서 복수를 하겠다고 떠든 것이 아닐까 싶었다.

"아닙니다. 피르콘 애들 정도야 저 혼자서도 가뿐합니다. 하지만 놈은……."

"음!"

철심장은 침음성을 내뱉었다.

흑곰도 충분히 실력이 있다. 그깟 허약한 피르콘 애들이야 혼자서도 해결할 수 있으리라. 한데 흑곰이 저리 맞고 돌아왔다.

철심장은 범상치 않은 놈들이 나타났음을 느꼈다.

"놈들의 숫자는?"

"그것이… 둘입니다."

"둘?"

흑곰이 데리고 마중나간 숫자가 스무 명이 넘는다. 그것도 모노리안시를 장악한 주먹들이다. 맞고 온 걸 보니 한 수십 명은 온 것 같았는데…….

"둘? 고작 두 명에게 이렇게 얻어터지고 왔다고? 그것도 스무 명이 다? 이런 니미럴!"

우당탕!

철심장이 탁자를 엎었다.

그는 씩씩거리면서 손에 잡히는 것들은 닥치는 대로 집어 던졌다. 한번 화가 나면 걷잡을 수 없는 다혈질 성격이 여지없이 튀어나왔다. 흑곰은 그저 아무 말도 못하고 앓는 소리를 내며 꿋꿋이 맞을 수밖에 없었다.

"니미! 이 새끼들이 어디서 고작 두 명한테 쳐 맞고. 그 새끼들이 무기라도 들었든? 응? 칼질이라도 하든?"

"무기는 들고 있었는뎁쇼……."

"뭐?"

철심장은 들어 올렸던 주먹을 내렸다.

로스트인은 무기 소지가 금지됐다. 아무리 철심장을 비롯한 주먹패가 건달이어도 무기를 들고 다니진 않았다. 물론 몰래 품속에 숨기고 다니기야 했지만, 언제 치안대 병사를 만나 검문을 당할지 몰랐기 때문이다. 법이고 군대고 무서워하지 않는 철심장이지만 제국은 무서웠다. 총독부만큼은 함부로

대할 수가 없었다.

한데 상대는 무기를 들고 있었다고 한다.

대놓고 무기를 들고 있다면…….

"병사들이야? 치안대 병사들? 이상하네. 저번에 충분히 뇌물을 잔뜩 먹여줬는데?"

"저, 병사는 아닌 것 같았습니다."

"무길 들고 있었다며?"

"그… 한 놈이 커다란 도끼 한 자루 들고 있었긴 합니다만, 그걸 쓰지 않고 주먹으로만……."

"……."

철심장은 더 이상 말을 잇지 못했다.

무기를 든 놈이, 무기도 들지 않고 맨주먹으로 스무 명을 다 때려눕혔단다. 그것도 이 도시에서 가장 주먹을 잘 쓰기로 유명한 건달들을.

"어디 있어? 그 새끼들."

"술집에 있습니다."

"가자."

"예? 두목께서 직접 가시려고요?"

"그럼? 누굴 보내리? 네가 깨지고 돌아왔으면 당연히 내가 가야지. 감히 어쭙잖은 실력으로 우리 애들 두들겨 팬 거면 가만 안 둘 거다. 또 우리 보스가 알아차리면 괜히 곤란해져."

철심장이 순간 몸을 떨었다.

그는 엄연히 한 조직을 이끌던 보스였다. 하나 어디선가 혜성처럼 등장한 새로운 주먹에 무릎을 꿇었고, 그 자의 밑으로 들어갔다. 새로운 보스는 모노리안시를 평정하고 파파란 영지와 프랑크바크 영지까지 손을 뻗칠 정도로 세력이 강력해졌다.

강한 카리스마와 싸움 실력은 철심장으로서는 두렵기 짝이 없다.

"한때 전쟁에서 신나게 싸웠던 사람이랬어. 그니까 진짜 살벌하지."

털이 가득한 험상궂은 얼굴로 살기를 줄줄 흘려대던 보스를 떠올린 철심장은 고개를 설레설레 저었다. 그리고 이내 큼직한 걸음으로 술집으로 향했다.

보스에게 대들 바엔 차라리 제국과 싸우는 게 낫다.

그것이 철심장의 생각이었다.

벌컥!

술집 문을 박차고 들어간 철심장은 고개를 휘휘 저었다.

술집 안은 아직 낮이라 그런지 한산했다. 하나 제법 주먹 좀 쓰는 듯한 덩치들은 없었다. 그저 주정뱅이들 몇과 제법 젊은 사내 두 명이 간단히 술을 곁들인 요기를 하고 있었다.

"여기 없는 것 같은데?"

"저, 저기 저자입니다."

"누구?"

흑곰이 떨리는 목소리로 손짓했다.

제국 병사들 앞에서도 땡깡을 부릴 정도로 배짱 두둑하던 흑곰이다. 한데 흑곰이 이렇게 떠는 건 처음 본다.

마치 보스를 대하는 것 같지 않는가? 철심장은 불길한 기분을 느끼며 시선을 돌렸다.

"음?"

잔뜩 긴장했던 철심장은 의문성을 내뱉었다.

그곳엔 젊은 청년 둘이 술과 더불어 간단한 식사를 하고 있었다.

"저놈들이라고? 저기 호리호리한 애기들 두 명?"

"예. 두목."

"…니미럴. 저런 새파란 애송이한테 맞았다고?"

"저, 저렇게 보여도 정말 장난 아닙니다. 마치 빛 같았다고요. 빛이 한번 번쩍이는데 눈앞에서 별이 빙빙 돌더라니까요!"

흑곰이 당황해 소리치듯 말했다. 문 앞에서 소란이 일자 술집에 있던 시선이 몰렸다.

"왔군."

중저음의 목소리가 나직이 울렸다. 술을 마시던 청년 한 명이 자리에서 일어섰다.

"이번엔 제법 높은 놈인가 봐?"

"너냐. 네놈이 우리 애들 두들겨 팼냐?"

"말을 안 듣길래. 뭐, 너희들 방식이지 않나? 건달에겐 건달의 방식으로 대하는 거지."

"……."

꿀꺽.

철심장은 마른침을 삼켰다. 앉아 있을 때는 잘 몰랐는데 자리에서 일어난 청년은 훤칠했고, 또 바위처럼 단단해 보였다. 기세가 확실히 달라보였다.

'만만치 않은 놈이군.'

무표정에 가까운 얼굴. 거기서 번들거리는 독기 가득한 두 눈동자. 철심장은 순간 오한이 드는 듯한 느낌이었다. 흑곰이 상대가 될 리가 없다는 생각이 퍼뜩 들었다. 그는 허리춤에 숨겨두었던 단도를 조심스레 잡았다.

"아. 무기를 꺼내면 곤란해. 치안대가 몰려오면 난감하거든. 그리고 난 나한테 무기를 들이댄 놈을 가만히 두진 않아. 용서한 적도 있기야 하지만……."

마치 혼자 중얼거리는 듯 말하는 청년.

청년은 다름 아닌 비첼이었다.

프랑크바크 수용소를 습격할 일을 모의하던 비첼이 헤링턴과 더불어 모노리안시에 나타났다. 그것도 최고의 주먹패들을 때려눕히면서.

"지랄하고 있네."

철심장은 두근거리는 심장을 느끼며 대답했다.

보스가 나타나기 전까진 모노리안시 최고의 주먹, 그리고 단검 하나는 기가 막히게 잘 쓴다고 평가를 받던 철심장이다.

상대가 범상치 않아 보이긴 하지만 이대로 물러선다면 자신의 이름에 먹칠을 하는 것이다. 또 철심장이란 별명은 제국군 앞에서도 칼을 들이대던 그 무모하기까지 한 모습 때문에 생겼던 것이었다.

비첼은 어쩔 수 없다는 듯 고개를 끄덕였다.

"다른 손님들은 나가는 게 좋겠소. 푸닥거리 좀 해야 되겠어."

"흐압!"

순간 철심장이 기합을 내지르며 달려갔다.

빛살처럼 쭉 늘어지는가 싶더니 어느새 비첼 앞에 당도한 철심장은 단검을 휘둘렀다.

훙!

비첼은 뒤로 고개를 젖히면서 피했다.

'호, 위험했어!'

순간 식은땀이 한줄기 흐르는 듯했다. 절묘한 기습이었다. 비첼은 씩 웃으면서 방심했던 자신을 반성했다. 그리고 곧바로 반격했다.

홍홍!

비첼의 주먹이 허공을 갈랐다.

놀랍게도 철심장은 주먹이 날아오는 순간까지 주시하더니 주먹이 도달한 순간 몸을 비틀며 피해댔다. 비첼의 얼굴에 순수한 감탄이 어렸다.

철심장의 공격이 이어졌다.

단검이 철심장의 손에서 빙그르르 돌더니 기습적으로 비첼의 명치를 찔렀다.

단숨에 급소를 공격하는 매서운 수였다.

하나 비첼은 마치 예측한 듯 가볍게 피해내곤 발을 뻗어 철심장의 정강이를 때렸다.

빡!

"큭!"

철심장은 짧은 신음과 함께 순간적으로 흔들렸다. 그 짧은 시간에 공간이 생겼고, 비첼의 주먹이 공간으로 파고들었다.

퍼억!

"커헉!"

복부에 제대로 박혔다.

철심장의 허리가 90도로 숙여졌다.

그 순간 비첼이 무릎으로 철심장의 안면을 찍었다.

파팍!

"꺽!"

철퍼덕!

안면이 피범벅이 되어 바닥에 널브려지는 철심장이었다.

비첼은 제법 싸우는 기분이 들었다. 그간 비첼이 기사를 쉽게 상대할 수 있었던 이유에는 비첼의 싸움법에 있었다.

로무가 가르쳐 준 방법들.

대결에서 이기는 게 아니라, 싸움에서 이기는 방법들이었다. 한데 철심장은 그걸 똑같이 사용했다. 비첼은 마치 자신을 상대하는 기분이었다. 물론 실력차가 크기야 했지만……

비첼은 기절한 듯 보이는 철심장을 툭툭 발로 건들더니 뒤에 있던 흑곰을 보고 말했다.

"자. 이제 더 높은 놈 없지? 그러면 슬슬 보스에게 안내해."

*   *   *

"어떤 놈이 소란을 피우는가 싶었더니. 으하하하하! 정말 오랜만이야, 비첼!"

흑곰은 어안이 벙벙했다.

잔뜩 긴장하고 평소에 감히 얼굴을 보기도 힘들던 보스를 찾아왔다.

악귀처럼 일그러진 얼굴을 할 거라 예상했는데, 오히려 보스는 환하게 웃으며 반겼다.

그것도 철심장을 간단히 때려눕힌 저 괴물 같은 청년한테.

비첼은 그런 환한 인사에 씩 웃으며 앞에 나섰다.

그리고 반가움이 깃든, 약간은 들뜬 목소리로 말했다.

"오랜만입니다. 이젠 병사에서 주먹계의 대부가 다 됐군요. 대단합니다. 고작 4년 만에……."

"하하하하. 지옥 같은 전장에서 굴렀는데, 이깟 뒷골목이 어렵겠나. 그간 연락도 없어 섭섭했네."

"일이 많았습니다. 또 아저씨는 우리에겐 하나의 비장의 카드 아니었습니까?"

"비장의 카드라……! 이거야 원, 섭섭하지 않게 하는구먼. 오랜만이야, 정말로. 아, 그리고 뺀질이 자식은 잘 있나? 그 새끼 성깔이면 춥다고 툴툴대고 있을 것 같은데. 나만 따뜻한 남부에 있다고 불평불만 터뜨리는 거 아니야?"

"하하하. 노카일도 많이 변했어요. 노카일도 당신을 보고 싶어 하던걸요."

비첼은 4년 전, 카이로에서 처음 만난 그 순간을 떠올리며 웃었다.

그는 그간 보고 싶었던 별명을 불렀다.

"정말 반가워요. 털보."

"으하하하!"

북방군 수색대 출신으로 카이로 전투에서 비첼과 함께 싸웠던 전우.

털보, 코아락.

4년이 지난 지금, 그는 남부 주먹을 평정한 주먹계의 대부가 되어 있었다.

Chapter 03
프랑크바크 수용소

"아마도 놈이 흩어진 부흥군 잔당들을 규합하고 있는 것 같습니다."

　가슴에 금빛 막대 세 개가 달린 사내는 그간 작성한 보고서를 제출하면서 말을 덧붙였다.

　"흠……."

　보고서를 읽는 여성은 가슴에 무수히 많은 훈장과 금빛 막대가 다섯 개가 달려 있었다.

　금빛 막대는 파우띠나의 요원들을 나타내는 증표였다.

　그리고 막대의 수에 따라 직급이 다르다고 볼 수 있는데, 막대 하나는 일반요원, 두 개는 일급요원, 세 개는 특급요원을 의미한다. 네 개는 파우띠나의 참모장, 그리고 다섯 개는 파우띠나의 수장만이 가진다.

그녀는 파우띠나의 수장.

나타샤 쿠마로바였다.

진한 검은 머리칼 아래로 투명할 정도로 하얀 얼굴은 너무나 이질적이었지만 그것이 오히려 나타샤의 아름다움을 배가시키고 있었다. 그저 일반적인 아름다움이 아니라, 마치 동화 속에 등장하는 전설의 엘프가 나오면 이러지 않을까 싶은 그런 환상적 아름다움과 신비스러운 느낌이었다.

보고서를 제출한 특급요원은 허리를 숙이면서도 그녀를 흘깃 쳐다볼 수밖에 없었다.

"음, 그래요. 아무래도 이 보고서가 맞는 것 같아요. 수고했어요."

"아닙니다, 나타샤님."

"일단 함부로 접근하지는 말아요. 최대한 은밀히 감시하고 놈이 프랑크바크에서 무슨 일을 벌일지 확실히 파악해야 해요. 놈을 잡는 것은 그 후에 결정하도록 하죠. 아직 정보가 너무도 부족해요."

"알겠습니다."

"그럼 부탁드려요."

나타샤의 조근한 말에 요원은 허리를 숙이고 밖으로 나갔다.

방에 혼자 남겨진 나타샤는 그간 올라온 보고서를 한데 모아 살폈다. 보고서에는 각각의 내용들이 올라와 있었다.

그의 과거부터 최근 행적, 그의 언행 등등……. 수많은 내용들이 나타샤의 머릿속에서 움직이고 조합되고 재결합되기를 반복했다.

"비첼이라, 로만 왕국 출신이 로스트를 위해 움직이다니. 하기야, 로만 왕국은 부흥을 이루기엔 너무 힘이 없지."

비첼의 신상정보가 가득 작성된 서류를 꼼꼼히 살피는 나타샤가 고운 얼굴을 살짝 찌푸렸다.

"카이로 전투에 참전. 천인장과 백인장을 죽이는 공을 세움. 그때 나이가 열다섯. 대단하네."

열다섯에 전쟁에 나간 것도 대단한데, 거기에 공을 세웠다. 서류상의 내용이라 전부 믿긴 어렵지만 사실이라면 대단한 것이다. 그러나 나타샤는 표정을 풀 수가 없었다. 진짜 원하는 정보는 아직 파악되지 않았다.

똑― 똑― 똑.

나타샤는 손가락으로 책상을 두드렸다. 소리가 규칙적으로 이어졌다. 그녀가 깊게 생각하면 나오는 버릇이었다.

"마나를 무력화시키는 비밀."

그간 조사한 바로는 비첼은 기사를 이길 수 있다. 그러면서도 본인은 마나를 사용할 수 없다. 마나를 무력화시키는 무언가 힘이 있다고 한다. 실제로 그와 부딪친 기사의 증언도 그렇다. 한데 그 비밀이 무엇인지 알 수가 없었다.

"이건 정말 중요해. 그 비밀만 밝혀낸다면 난리가 날거야."

기사를 무력화!

이 시대 최강의 전투병기인 기사가 무력화 된다면 전술적으로는 엄청난 충격을 불러올 것이다.

상상할 수도 없는 파장을 몰고 올 것이 분명했다.

만일 그런 비밀을 밝혀 대기사 전용 병단을 만든다면?

그리고 적국의 기사단을 무력화한다면?

제국의 힘은 타의 추정을 불허하리라. 나타샤는 비첼을 추적해 죽이는 일보다, 오히려 이 비밀을 밝히는 일이 훨씬 더 중요함을 본능적으로 깨닫고 있었다.

그래서 비첼의 행적을 파악하고 최근엔 흩어진 부흥군을 규합시키고 있다는 사실을 파악했지만 움직이지 않았다. 단지 생포하거나 죽이는 일이야 파우띠나의 전력이라면 충분히 가능하다. 그가 아무리 강하다고 한들, 파우띠나의 특급요원만 되도 일반 기사는 찜 쪄 먹을 정도로 강하다. 고문을 해서 쉽게 비밀을 토해내기만 하면 다행이지만, 그러다가 턱 죽어버리면?

애석하게도 비밀은 영영 땅에 묻힐 확률이 높았다. 그래서 파우띠나는 거미줄에 비첼이 걸렸음에도 아직 잡아먹지 않고 있었다.

똑똑.

그때였다.

방문을 두드리고 들어오는 이는 머리가 반쯤 벗겨진 중늙은이였다.

얼핏 보기엔 평범한 인상의 중년 남성이었지만 파우띠나 내에서 그를 얕볼 사람은 없었다.

심지어 파우띠나의 수장인 나타샤도 그 앞에서는 한 수 접어주는 편이 많았다. 그의 가슴에는 금빛 막대 네 개가 찬란하게 빛나고 있었다.

파우띠나의 참모장이었다.

"로만 지역에 파견했던 요원들에게서 보고서가 당도했습니다."

"그런가요? 근데 참모장이 직접 오실 정도면……."

"특급 기밀입니다. 그 비밀에 대해 한걸음 다가설 수 있습니다."

참모장은 음흉한 미소를 지었다. 나타샤는 흥미로운 얼굴로 보고서를 받아들었다. 그리고 보고서를 읽어 내려가는 그녀의 표정이 의미심장하게 변했다.

"이건……!"

그녀의 입에서 뜻을 알 수 없는 말이 흘러나왔다.

"로만 왕국의… 하, 그렇군요. 평범한 나무꾼이라고 보고했던 요원에게 약간의 처벌이 필요하겠군요. 이런 중요한 정보를 놓치다니……."

                        *   *   *

    코아락과 비첼은 오랜만에 만나 회포를 풀었다. 이젠 어엿한 성인이 된 비첼을 보는 코아락의 눈빛은 마치 장성한 아들을 보는 듯한 느낌이 들었다.

    4년의 시간 동안 거의 만난 적은 없다.

    최근에 만난 일이 북방에서 부흥군이 막 조직되고 있을 때쯤이었으니 오죽하랴!

    아이들에겐 시간은 빨리 간다. 그저 소년으로만 보였던 비첼은 이젠 훤칠한 청년이 되었다.

    "많이 컸구나. 4년 동안 난 늙었는데, 넌 강해졌어."

    "하하. 약한 소리 하지 마세요, 아저씨. 아저씨가 늙었으면 밑에 있는 주먹패들은 뭐가 됩니까?"

    "끄응. 과거에는 로스트 최강 북방군에서도 최정예인 수색대 출신이었는데. 지금은 뭐 그냥 건달이니."

    코아락은 조금은 서운한 기색이었다.

    부흥을 위해서 하고 있는 일이지만 사실상 제대로 무언가 한 일은 없었으니, 그저 주먹패들을 이끄는 건달로만 여겨지는 탓이다.

    "이젠 그냥 건달이 아닙니다."

비첼은 진지한 목소리로 말했다.

비록 지금까지 코아락은 건달로서 살아왔지만 그건 애초에 의도한 바였다.

북방에서 유니아스와 함께 항쟁을 펼칠 때, 카이로에서 살아남은 코아락이 찾아왔었다. 코아락은 조국을 위해 희생하겠단 뜻을 내비쳤고, 당시 부흥군이 조직될 쯤에 코아락은 스스로 남부에 내려가 뒷골목의 세계를 접수하겠다고 밝혔다.

뒷골목은 의외로 최고의 정보통이었고 그곳에 있는 순수한 무력만 따져도 상당했다.

비첼과 유니아스는 그런 코아락의 뜻을 받아줬고 코아락은 홀로 여기서 최고의 주먹이 된 것이다.

"그래. 근데 내 새끼들은 내가 부흥군인지 몰라. 난 철저하게 주먹패로만 위장했거든. 오히려 친제국파지. 치안대놈들에게 뇌물도 주고해서 활동의 자유를 허가받고. 쩝."

"잘하셨습니다."

남부 부흥군에서도 코아락의 존재는 전혀 알 수 없었다. 북방에서도 유니아스와 비첼, 그리고 로만스터를 제외하면 아는 이가 없었다.

심지어는 제국군에 뇌물을 보내는 등 연계까지 했는데 누가 부흥군의 끄나풀이라 생각할까!

즉, 코아락은 부흥군과 전혀 관계없는 상태로 순수하게 혼자의 힘만으로 뒷골목 세계를 접수한 것이다.

"지금까지는 따로 독립된 단체였지만, 이제 부흥군입니다. 한낱 주먹패가 아닌 부흥군이죠."

"그래, 그래. 우리 애들이 어떻게 생각할지 모르지만, 뭐 다들 사내새끼들이니 크게 반발 안 할 거야. 애들도 제국 놈들이라면 이를 갈거든. 대부분 형제나 아들들, 또는 아버지들이 전장에서 죽어나갔으니까."

코아락은 자신이 있었다.

수하들 대부분 제국이라면 학을 뗀다. 비록 주먹패가 살아남기 위해 뇌물을 시시때때로 바치는 등 하지만, 그만큼 제국에 대한 적개심과 반발심이 크다. 만일 여기서 한낱 건달이 아니라 부흥을 위해 싸우겠다고 코아락이 선언하면 대부분 수하들은 따라오리라. 코아락은 믿어 의심치 않았다.

"이번 일은 아저씨의 역할이 중요합니다. 치안대를 최대한 붙잡아둬야 합니다. 그 과정에 희생이 클 겁니다."

"하하하. 걱정하지 마라. 내 애들이 이래봬도 남부 3대 도시를 꽉 휘어잡았다고. 프랑크바크에서도 다 내 애들이 자리 잡았어."

코아락은 가슴을 팡팡 쳤다.

자신감이었다.

수하들을 믿고 그것을 바탕으로 뿜어져 나오는 자신감.

비첼은 씩 웃었다. 분명 희생이 있으리라. 희생 없이 이루어지는 일은 없다. 그렇지만 이번 희생으로 남부 부흥군이 다시 세력을 결집시킬 수 있으리라.

비첼은 겸허히 희생을 받아들이는 코아락을 바라보았다.

"그럼 자세한 내용을 얘기하죠."

"그래. 내가 어찌하면 좋겠느냐."

"우선 프랑크바크로 인원들을 모아주시고……."

프랑크바크 수용소를 습격하기 위한 작전 회의가 밤늦게까지 계속됐다.

*　　*　　*

"으하하! 마셔라! 부어라!"

하늘이 어두컴컴해지자 술집에는 사람들이 바글거렸다. 공사판에서 일하다 왔는지 건장한 장정들이 대부분이었다. 심하다 싶을 정도로 마초 냄새가 나는 곳이었다.

'흐흐흐. 오늘도 쏠쏠하구나.'

하나 나쁘지는 않다. 오히려 좋았다. 주점 주인은 근래 들어서 손님이 많아지자 기분이 날아갈 듯 좋았다.

제국에 점령된 이후 일하는 인력이 팍 줄고 가혹한 수탈로 급격히 경제가 낙후되었다. 그러다 보니 장사도 되지 않고 접어야 하나 싶었다. 근데 최근에 험상궂게 생긴 이들이 자주 와서 술을 거나하게 마시고 가니 기쁘지 아니하랴.

'주먹패들 같은데. 뭐, 그래도 말썽은 안 일으키니까.'

떡 벌어진 어깨, 험상궂은 얼굴, 거친 입담, 또 형님이라 말하는 행동거지까지.

전형적인 주먹패의 모습이다.

하나 다행히도 이들은 크게 말썽을 부리지 않았다.

오히려 돈은 착실히 내니 도리어 예뻐 보일 지경이다.

"웬일이야! 형씨가 술을 다 사고!"

"큭큭큭. 이번에 돈 좀 들어 올 일이 있었거든."

"뭐? 자네가 무슨 일이 있다고 돈이 들어와? 나랑 같이 벌목장에서 나무나 베면서?"

"으하하하! 이 친구야. 벌목만 해봤자 푼돈밖에 더 되겠나. 이젠 머리를 써야 돼, 머리를!"

"머리?"

한 탁자에서 이뤄지는 대화에 어느새 술집에 있던 사람들이 귀를 기울이고 있었다.

하루 벌고 하루 사는 그들에겐 돈이 들어올 구석은 막노동밖에 없었다.

벌목을 하거나 광산에서 철을 캐거나.

"으흠! 자네 최근에 우리 벌목장에 들어온 신입 알지? 그제법 어린 놈 말이야."

"아, 쿠르노 말하는 겐가? 그 젊은 친구?"

"그래, 그래! 그 자식 말이야. 얼굴을 가리고 다니고 해서 내가 좀 이상하게 여겼거든?"

얼굴이 붉어져 불콰하게 취해 이야기를 떠드는 사내.

그리고 사내의 앞에서 대답을 채근하던 또 다른 사내의 얼굴이 점점 굳어졌다.

사내는 그것도 모르고 신나서 이야기를 풀었다.

"하도 수상해서 그놈을 주의 깊게 봤는데, 아 자세히 보니까 최근 수배령이 떨어진 부흥군 놈인거야!"

"…그래서?"

"그래서라니, 이 친구야. 으하하하! 부흥군 놈들에게 붙은 현상금이 얼마인줄 알아? 수배령이 없는 놈도 잡아넣기만 하면 콩고물이 떨어지는데 놈은 총독부에서 추적하던 놈이라니까. 내가 곧바로 치안대에 신고 때리고… 컥!"

"이 개새끼야!"

퍽!

우당탕탕!

듣고 있던 사내가 더 이상 참지 못하고 주먹을 휘둘렀다.

퍽퍽퍽!

"개새끼야. 네가 사람 새끼냐? 이 개 잡놈 새끼, 똥물에 튀겨 죽일 새끼!"

사내는 끊임없이 주먹을 휘둘렀다.

아무리 남부가 제국화가 빠르게 진행되고 친제국파들이 바글거린다지만 일반 민초에겐 아니었다.

힘없는 민초는 비록 제국의 횡포에 굴복해 허리를 숙이지만, 가슴 깊이 있는 반감만큼은 지울 수 없었다.

"미친 새끼. 너도 부흥군 끄나풀이냐?"

맞고만 있던 사내도 잔뜩 흥분해 주먹을 휘둘렀다. 그러면서도 걸쭉한 욕설을 내뱉었다. 어느새 주먹싸움으로 번진 것이다.

"개새끼야. 뭐? 부흥군 끄나풀? 이 시발 새끼. 제국에 부모도 팔아먹을 새끼!"

우당탕!

쨍그랑!

둘은 잔뜩 흥분해 서로 엉켜 싸우기 시작했다.

탁자가 부서지고 엎어지고, 그릇이 깨지고 음식이 바닥에 흩어지고!

잔뜩 취해서 둘은 방향도 제대로 못 잡고 여기저기 구르면서 싸웠다.

그러다 보니 자연히 보고만 있던 이들도 피해를 입게 됐다.

보고만 있는 게 그릇이 날아와 맞고, 음식에 맞고, 탁자도 엎어졌는데 가만히 있으랴!

"이 개자식이!"

"새끼야, 어디서 어른한테 욕질이야!"

퍽! 우당탕!

싸움은 곧 주점 전체로 번졌다.

다들 한주먹 하는 주먹패들이거나 벌목장에서 일을 하는

인부들이라 성격이 급했다.

또 불쾌하게 술에 취한 상태.

주점은 그야말로 난장판이 됐다.

"멈춰! 나가서 싸우란 말이야 나가서!"

그제야 황망한 표정으로 주점 주인이 나서보지만 막을 수 없었다.

주점 안은 아수라장이었다.

음식이 날아가고 주먹이 날아가고, 그릇이 깨지고, 탁자가 부서지고, 수많은 집기들이 바닥에 구르고, 코가 깨지고!

"으아아!"

하루 장사를 말아먹는 게 문제가 아니다.

이 피해는, 피해는……!

"멈춰라! 다들 멈춰!"

삑— 삐이이익!

그때 밖에서 호각을 불며 치안대 병사 둘이 들이닥쳤다.

"아이고, 병사 나으리! 해결 좀 해주십시오!"

"멈춰라, 이놈들아! 싸움을 멈춰! 그렇지 않으면 다들 압송하겠다!"

병사 중 선임으로 보이는 자가 목이 터져라 외쳤지만 애초에 이들의 귀에는 아무런 말도 들리지 않았다. 말 그대로 난장판!

"시발, 미치겠네. 오늘따라 왜 이래?"

선임 병사가 고개를 내저었다.

"오늘 벌써 네 번째 출동입니다. 이게 네 번째라고요."

"진짜 미치겠네. 이 개자식들이 갑자기 지랄들이야."

"그냥 한두 놈 베고 다 잡아 처넣죠?"

후임의 되도 안 되는 말에 선임의 표정이 완전히 일그러졌다.

"얌마. 우리 둘이야 둘. 지금 다 출동해 가지고 우리 둘밖에 못 왔다고."

"아……."

"여기서 본보기랍시고 한 놈 베면, 이 새끼들 야마 돌아서 그냥 앞뒤 안 가리고 덤벼들걸? 그럼 다 죽는 거야."

"그럼 어떡하죠?"

"니미, 내가 아냐……. 이 개자식들아! 당장 멈추란 말이다!"

선임 병사가 한숨을 내쉬며 동시에 소리를 지르는 대단한(?) 모습을 보일 때였다.

…땡… 땡땡……!

"뭔 일이 또 터진 거야?"

아스라이 밤바람을 타고 들리는 급박한 경종 소리.

치안대가 전부 출동해야 하는 큰일이 발생할 때만 울리는 경종 소리다.

선임병사의 표정이 와락 일그러졌다.

"젠장. 일진이 사납더니."

"일단 가요. 이런 놈들이 문제가 아니라고요. 저 경종 소리……."

"알아, 인마."

선임은 어쩔 수 없이 주점 안의 소동을 제대로 붙잡지 못하고 밖으로 나갔다.

그때였다.

서로 엉키면서 마구잡이로 싸우던 사내들의 눈빛이 빛났다.

"가자. 이놈들 나중에 3소대 애들 데리고 와서 다 처넣어야… 억!"

빠각!

선임 병사는 더 이상 말을 잇지 못했다. 뒤에서 떨어진 철퇴에 머리가 수박처럼 깨져 버렸다. 그 모습에 후임 병사는 아무런 말도 못하고 눈을 동그랗게 떴다. 그런 그의 이마로 철퇴가 가차 없이 떨어졌다.

"이, 이 미친……!"

빠각!

아무런 비명도 내지르지 못하고 절명해 버리는 병사.

언제 싸웠냐는 듯, 한데 엉켜 싸우던 사내들은 모두 흉흉한 눈빛으로 품속에서 무기를 꺼내들었다.

무기 소지가 금지 됐는데 저리 무기를 꺼내 들다니! 주점 주인의 눈이 화등잔만 해졌다. 아니, 그게 문제가 아니었다. 제국 병사를 죽였다!

'이, 이건……'

"미안하오, 주인장. 나중에 필히 보상하리다."

맨 처음 싸움을 일으켰던 사내가 그리 말하고는 도끼를 척 어깨에 메고는 소리쳤다.

"가자! 어디 한번 다 부셔보자고! 난장판을 만들자고!"

"으하하! 우리들이 가장 잘하는 거 아니요, 철심장 형님!"

"흑곰 이 새끼, 아까 주먹 좀 아팠다? 너, 진심으로 때린 거지?"

"연기 아니요 연기! 자 갑시다. 다 때려 부숴야죠. 어디 우리도 제국 놈들 한번 부숴봅시다. 이 새끼들이 받아 처먹은 뇌물이 얼마인데……!"

코아락 휘하의 주먹패들이었다. 그리고 같은 시간, 프랑크바크 곳곳에선 비슷한 일들이 벌어졌다.

*　　　*　　　*

밤이 깊었다.

통행금지령 이후 프랑크바크 영지는 과거와는 달리 지독한 침묵에 빠졌다.

대부분 건물에서 불이 꺼지고 완전 암흑에 잠겼지만 그렇지 않은 곳이 있었다.

프랑크바크 수용소.

곳곳에 횃불이 환하게 밝혀 있고, 장창과 검을 허리춤에 낀 병사들이 교대로 움직이고 있었다.

하지만 새벽이 깊어서일까?

몇몇 병사들의 얼굴에 피곤함이 덕지덕지 묻어나왔다.

"젠장. 야간 근무는 아무리 해도 적응이 안 된다니까."

"그냥 재수 옴 붙었다 생각해라. 어휴, 다음 달엔 우리가 주간이니 참자고."

이 거대한 수용소를 지키는 경비 병력은 160명.

80명씩 나뉘어 주간과 야간으로 교대하는 시스템이다. 20명이 한 조가 되어 총 4개의 문을 지키는데 워낙 수용소가 거대하다 보니 80명의 인원도 턱없이 부족할 때가 많았다.

원래 프랑크바크 수용소에 수감자는 별로 많지 않았다. 그래서 이곳 경비를 보는 일이 어렵지 않았다. 그러나 최근에 수감자가 기하급수적으로 늘어나면서 경비병들은 대부분 피곤함을 토로하고 있었다.

곧 경비 병력이 더 확충될 거라는 말이 상부에서 들려 왔지만 그때까지 언제 기다리나. 병사들의 불만은 서서히 수면 위로 드러나고 있었다.

"음?"

불만을 토로하던 병사가 갑자기 이상한 소리를 냈다.

"왜 그래?"

"저기, 불이 꺼져 있는데?"

"어! 저기가 북문이었나? 곧 켜지겠지. 간혹 횃불이 꺼지는 경우가 있었잖아."

"지금은 바람도 없는데……."

"……."

순간 말을 잃은 병사였다.

그랬다. 오늘은 바람 한 점 없는 평온한 날씨였다.

바람이 전혀 불지 않는데 횃불이 스스로 꺼진다? 뭔가 어폐가 있는 말이다.

왠지 모르게 불길한 기분이 흘렀다. 병사는 서로 얼굴을 마주봤다.

"별일 없겠지?"

"글쎄."

병사가 머리를 긁적였다. 그 순간이었다.

슈우웅― 파바박!

"껵!"

단발마의 신음!

두런두런 말을 나누던 병사들이 차디 찬 바닥에 몸을 뉘였다.

슈수수숭!

파바바바박!

그것을 기점으로 화살비가 미친 듯이 쏟아졌다.

동문을 지키던 스무 명의 병사가 순식간에 몰살되었다. 뭔가 해보기도 전에 무너져 갔다.

비단 이런 상황은 동문뿐만 아니라 서, 남, 북문 모두 네 방향에서 동시에 이루어지고 있었다.

땡땡땡땡땡ㅡ!

어디선가 경종이 미친 듯이 울렸다.

고요했던 프랑크바크가 순간 깨어났다.

아마 저 경종을 들은 치안대가 순식간에 이곳에 도착하리라.

경종이 울리자 도시 전체가 혼란스러워졌다.

"걱정하지 마세요, 우린 계획대로만 움직이면 됩니다!"

비첼은 동요하는 다른 요원들을 다독였다.

어차피 치안대가 당장 도착할 수는 없다. 이번 일에 동원된 코아락의 수하들만 해도 일천이 훨씬 넘는다.

프랑크바크와 파파란, 그리고 모노리안시에 있는 한가닥 한다는 주먹들이 모인 것이다.

그들이 치안대를 최대한 붙잡아 두는 사이, 비첼과 부흥군의 요원들, 그리고 코아락 휘하 백 명의 주먹들이 수용소를 습격하면 되는 일이다.

수용소 내에서 불이 곳곳에서 밝히는 모습이 보였다.

간수들이 갑작스런 소란에 급히 일어나 상황을 파악하려

는 듯 문 밖으로 나오는 모습이 보였다.

비첼이 소리쳤다.

"다들 움직여요!"

동시에 간수들이 반응했다.

"침, 침입자다!"

"대규모 침입이다. 치안대가 출동할 때까지만 버텨!"

간수들은 상황 파악이 빨랐다.

급히 문을 굳게 닫고 여러 무거운 물건들로 문 앞을 막았다. 어차피 모든 창문엔 쇠창살이 달려 있다 보니 안으로 들어갈 수 있는 입구가 많지 않았다.

들어갈 수 있는 입구는 대부분 굳게 닫힌 문밖에 없었다.

그것도 결코 부술 수 없는 강철문!

비첼이 들고 있던 브로드 액스를 꽉 쥐었다.

보통 한손으로 휘둘렀지만 이번엔 양손이었다.

옷 아래로 숨겨졌던 팔 근육들이 터질 것처럼 부풀어 올랐다.

"강철문이네! 마나가 아니면 부술 수 없어!"

문밖에 빠져나왔던 간수의 목을 벤 미하일이 소리쳤다.

비첼은 무모하게도 한낱 도끼로 두터운 강철문을 부수려고 하고 있었다. 하나 비첼은 망설이지 않았다.

강철문 앞으로 벼락처럼 득달한 비첼! 하늘 높이 오른 브로드 액스에 강한 힘이 가득 들어갔다.

쫘앙!

무지막지한 굉음이 터졌다.

소름이 끼칠 정도인 굉음이었지만 강철문은 요지부동이었다.

"무리일세."

"분명 비밀 출입구가 있을 거요! 그쪽을 찾아봅시다!"

모든 시설물에는 급박한 상황을 고려한 비밀 출입구가 있게 마련이다. 비첼의 정보력으로는 모든 걸 다 파악하기 어려웠다. 지금에 와서야 입구를 찾는 일은 어불성설이었다. 결국엔 눈앞의 문을 부수는 방법 외에는 별다른 방도가 없었다.

비첼이 굳은 얼굴로 브로드 액스를 다시 들어 올렸다.

꿈틀!

시퍼런 핏줄이 피부를 뚫고 나올 것처럼 두드러졌다.

꽉 다문 이!

비첼은 있는 힘껏 다해 도끼를 휘둘렀다.

쫘아앙!

우드득!

"……!"

우그러지는 강철문!

미하일이 놀라움에 눈을 크게 떴다.

쫘앙! 쾅!

비첼은 연이어 공격을 퍼부었다.

우드드득!

한번 구겨진 강철문은 마치 종잇장처럼 사정없이 구겨졌다.

"준비하십시오!"

비첼이 소리쳤다.

이젠 한 방!

단 한 방이면 강철문은 사정없이 부서지리라! 문을 부수고 들어가는 순간 잔뜩 준비한 적들의 공격이 있을 터! 비첼의 경고에 요원들이 무기를 꼬나 쥐고 문을 죽일 듯 노려봤다.

그리고 비첼의 마지막 공격이 떨어졌다.

꽝!

완전히 구겨진 강철문! 비첼은 발로 강하게 밀어 찼다.

쿠구구궁!

강철문은 뒤로 쓰러지며 뭔가에 걸렸다. 아마도 각종 무거운 물건들이리라. 그러나 한 번 입구가 열린 이상, 이미 무너지는 성이었다.

비첼이 맨 앞에 선봉에 서서 달려들었다.

파바바박!

들어가자마자 날카로운 암기들이 쏟아졌다.

"흠!"

비첼은 짧게 헛숨을 들이키며 핑그르르 돌았다.

따땅따다당!

경쾌한 소리를 내며 튕겨 나가는 암기들은 바닥에 허무하게 흩어져 떨어졌다.

간수들로서는 불행한 일이었다. 잔뜩 암기를 준비해 놓고 쏟아 부었지만 하필이면 맨 앞에 있던 이가 비첼이었으니까.

만일 비첼이 아닌 다른 이들이 들이닥쳤다면, 무차별적으로 쏟아지는 암기에 목숨을 잃었으리라.

비첼의 반격이 곧바로 이어졌다.

후우웅!

거센 파공성을 내며 휘둘러지는 브로드 액스!

회전을 하며 저절로 담겼던 강력한 회전력이 쏟아졌다.

"으아악!"

처참한 비명이 폐쇄된 수용소에 울렸다. 앞을 가로막던 간수들이 짚단처럼 우수수 쓰러졌다.

"부흥군이 왔다!"

"동지들! 부흥군이 왔소!"

비첼의 뒤를 이어 들어온 요원들이 목이 터져라 외쳤다.

그리고 곧바로 반응이 왔다.

"여기요! 여기 있습니다!"

저 깊숙한 곳에서 겨우 쥐어짜내는 듯한 목소리가 희미하게 퍼져왔다.

비첼은 간수들을 베어 넘기면서 소리가 들려오는 곳으로 향했다.

수용소 내에 있는 간수들의 숫자는 백 명을 간신히 넘긴다.

동서남북으로 쏟아지는 부흥군과 코아락의 수하들에 의해 걷잡을 수 없을 정도로 무너지고 있었다.

애초에 이번 습격에서 가장 큰 장애는 일천이 넘는 정예로 이루어진 치안대였지, 고작 간수나 외곽 경비대가 아니었다.

"열쇠! 열쇠를 갖고 와!"

미하일이 고래고래 소리 질렀다.

감옥 창살도 하나같이 강철로 이뤄져 있었다.

"와줘서 고맙소, 고맙소!"

부르르!

쇠창살 너머 피골이 상접한 애국지사들이 감격에 몸을 떨며 울먹였다.

그동안 얼마나 모진 고초를 겪었을까.

곳곳에 끔찍한 상처가 가득했고 손발이 잘린 것은 예사였으며 지독한 냄새가 나기도 했다.

비첼은 이를 악물었다.

열쇠를 찾을 여유는 없었다. 비첼이 곧바로 브로드 액스를 휘둘렀다.

쫘앙! 꽝!

몇 번이고 두들기니 쇠창살이 우그러지면서 옆으로 벌어졌다. 비첼은 몇 번 더 휘두르고는 쇠창살을 넓게 벌렸다.

"모두들 나오세요! 미하일! 이들을 안내하세요!"

"알겠네, 비첼!"

어느새 비첼은 명령을 내리고 있었다. 그럼에도 미하일은 거부감 없이 착실히 비첼의 명을 따랐다.

비첼이 들어온 문은 동문이었다. 그리고 수감자들을 이끌고 나갈 문은 북문. 지금쯤이면 북문을 완전 장악하고 길을 열어뒀으리라.

"고맙소! 동지들!"

"로스트의 부흥을 위하여!"

쇠창살을 벗어난 수감자들은 북받쳐 오르는 감격에 몸을 떨었다.

수용소에 끌려가는 순간, 사실 살아서 나갈 가망은 없다.

수감자들은 그저 몸이 버텨내지 못하고 저들이 원하는 대로 거짓 고변을 하거나 제국에 충성을 맹세하는 혈서를 쓸까 봐 그것이 걱정이었다.

한데 이렇게 자신들을 구하러 와주다니!

제국의 칼날 아래 숨죽이던 부흥군이 이렇게 깨어나다니!

온몸을 관통하는 전율에 몸이 부르르 떨렸다.

"나도 칼을 들겠소, 도우겠소!"

"무기를 주시오, 우리도 싸우겠습니다!"

그나마 행색이 멀쩡해 보이는 수감자들은 싸우겠다고 나섰다. 비첼은 이들을 만류하지 않고 무기를 건네줬다.

수감자들까지 가세해 무기를 들자 간수들은 더 이상 버텨내지 못했다.

계속해서 밀리다가 이제는 상황이 아주 역전되어 살기 위해 도망치기까지 했다.

"모두들 빨리 이동합시다. 빨리요!"

예상보다 빠르게 일이 진행되고 있지만 수용소는 너무 넓었다. 북문을 제외한 세 곳에서 부흥군이 급습해 수감자들을 풀어주고 있다지만 아직도 구원의 손길이 닿지 않은 곳이 있었다.

"지하, 지하에도 있어요! 지하엔 어르신들이 계십니다!"

"지하에 있으신 분들은 반드시 구하셔야 합니다!"

몇몇 수감자가 말했다.

"지하? 수용소가 지하에도 있습니까?"

미하일이 눈을 크게 떴다. 비첼도 입술을 지그시 깨물었다. 수용소가 지하에도 있다는 사실은 전혀 몰랐던 정보였다.

아무리 조사를 해도 남부 부흥군이 와해된 이상 정보력에 한계가 있을 수밖에 없다.

그나마도 코아락의 주먹패를 동원해 파악한 정보로 지금까지 일을 진행시킬 수 있었다.

"내가 갈게요. 미하일 씨는 계획대로 움직여요."

"아니, 내가 가겠네. 비첼."

"아니요. 제가 가야 합니다. 변수가 많아요."

비첼은 곧바로 지하로 향했다. 몇몇 풀려난 수감자가 안내를 해줬고, 간수들은 대부분이 도망치거나 죽었기 때문에 앞을 가로막는 건 없었다.

"끄악!"

그때였다. 맨 앞에 앞장서서 지하로 들어섰던 수감자가 끔찍한 비명을 내지르며 절명했다. 문 앞에 바로 적이 숨어 있었다.

비첼은 허리춤의 핸드 액스를 힘껏 던졌다.

후웅!

핸드 액스가 강력한 파공성을 내며 주위를 진동시켰다.

빠각!

두개골이 부서지는 소름끼치는 소리가 단숨에 절명했음을 확인해 줬다. 비첼이 안으로 돌입했다.

들어서는 순간 날카로운 비수들이 우수수 쏟아졌다.

파바바박!

아무리 비첼이라도 그 수많은 비수들을 다 막아내기란 요원한 일이었다.

그러면 몸을 굴러서 피하는 게 옳았는데 뒤에는 따라온 동료들 때문에 막혀 있었고 앞에서는 간수 네 명이 동시에 칼을 쭉 뻗어왔다.

비첼은 이를 악물고 피해를 감수했다.

"큭!"

입가에서 짧은 신음이 흘러나왔다.

비수들이 피부를 가르며 스쳐지나갔다.

다행히 큰 상처는 피했으나 온몸이 핏물로 젖어 들어갔다.

비첼은 이를 악물고 브로드 액스를 쭉 뻗었다.

스걱!

브로드 액스는 강력한 파괴력을 지닌 무기다. 또한 그에 비례하여 상당한 절삭력을 지니고 있었다. 가로막던 간수의 몸이 반으로 갈라졌다.

갈라진 상체에서 내장이 주르륵 흘러나왔다. 끔찍한 광경에 남은 간수들이 몸을 크게 떨었다.

"으으으!"

"아, 악마!"

비첼은 거침없었다.

사나운 눈빛으로 전방을 쏘아보는 비첼의 눈가에는 독기가 가득했다.

그 독기를 마주한 간수의 몸이 순간 굳어졌다. 그것이 목숨을 잃게 한 결정적 실수였다. 몸이 굳어졌을 때 비첼의 잔혹한 손속이 뿌려졌다.

"끄아악!"

가슴팍이 반쯤 잘려 덜렁거리는 간수는 비명을 내질렀다. 갈비뼈가 박살이 나고 장기를 찌르는데 살아남을 리가 없다.

남은 간수는 둘!

"이놈!"

두 명은 앞서 죽은 동료들의 전철을 밟지 않겠다는 듯 협공을 해왔다.

둘은 꽤나 손발을 맞췄던 사이였는지 공격이 꽤나 치밀했다. 한 놈이 목젖을 찌르는 동시에 한 놈은 하단을 향해 검을 휘둘러 왔다.

비첼은 뒤로 세 걸음 물러나며 허리를 숙였다.

훙!

목을 노리던 검이 허무하게 허공을 갈랐다.

비첼은 허리를 숙이며 동시에 브로드 액스를 바닥을 향해 강하게 휘둘렀다.

째앵!

브로드 액스는 하단을 베어오던 검면을 강하게 때렸다.

검은 한차례 부르르 떨더니 이내 금이 가기 시작했고 비첼의 연이은 공격에 완전히 박살 났다.

무기를 잃은 적은 결코 두렵지 않은 법이다. 비첼의 공격이 무차별적으로 쏟아졌다.

"끄악!"

하단을 노렸던 간수는 무기를 잃은 다음엔 허망하게 목숨마저 잃었다.

졸지에 둘에서 하나가 된 간수는 뒤로 몰리다가 결국 쏟아지는 비첼의 공격에 무릎을 꿇을 수밖에 없었다.

"살, 살려주시오!"

살기등등한 기세로 검을 휘둘렀던 놈이 맞는 걸까.

구차하게 목숨을 구걸하는 간수는 비참하기 짝이 없었다. 하나 비첼은 결코 한낱 동정심에 휘둘릴 위인이 아니었다.

"이런 기분이었나."

"살려주십시오! 저, 전 그저 위에서 시키는 대로……"

"개소리."

비첼은 냉소를 지었다.

스걱!

"으어억!"

간수는 고통과 함께 뒤로 쓰러졌다. 새하얀 김이 올라오는 시뻘건 팔뚝이 바닥에서 펄떡거렸다.

"네놈 앞에서 살려 달라고 했던 로스트인이 몇 명이었는지 기억하나?"

"그것은……."

"낄낄댔겠지. 모진 고문을 하고 사람을 죽여가면서 그저 재밌는 유흥거리로 여겼겠지."

비첼의 조롱엔 진득한 살기와 차가운 냉기가 동시에 흘렀다.

서걱!

남은 팔뚝도 잘려 나갔다.

평소의 비첼이라면 이렇게 조롱하지도 않고 깔끔하게 죽였으리라. 하나 비첼은 그러지 않았다.

간수 놈이 살려 달라며 구차하게 구걸하는 모습을 보니 속이 뒤집혔다.

저 간수 앞에 얼마나 많은 로스트인들이… 아니, 비단 로스트인뿐만 아니리라. 로만인을 비롯한 피정복민들이 살려 달라고 구걸했으리라. 그렇지만 놈은 잔혹하게 고문을 행하고 수많은 학대를 하고 결국 죽이지 않았을까.

분명 그러하리라. 비첼은 그런 생각이 들자 결코 놈을 쉽게 죽일 생각이 들지 않았다.

"그간 고통스럽게 죽어간 이들을 생각하며 너의 잘못을 참회해라."

비첼은 놈의 다리마저 잘라내고 그대로 몸을 움직였다.

'무서운 사람이다…….'

'남부에 저런 인물이 있었던가?'

그런 비첼을 뒤따르는 수감자들은 비첼의 잔혹한 손속에 몸을 한차례 떨었다.

Chapter 04
파우띠나

비첼은 성공적으로 지하실에 갇혀 있던 수감자들을 풀어
주고 곧바로 위로 올라왔다. 제법 시간이 흐른 다음이었지만
다행히 치안대들은 아직 도착하지 않았다. 코아락의 주먹패
들이 도시 중심에서 한차례 난동을 부려 치안대의 발목을 잘
잡고 있는 듯했다. 하나 안심하고 있을 순 없다.

코아락의 피해가 더 심각해지기 전에 일을 마무리해야 했
다.

"현재까지 대략 칠백 명 가까이 되는 인원이 북문으로 빠
져나갔네."

미하일은 잔뜩 상기된 얼굴이었다.

하기야, 언제 이렇게 화끈하게 일을 진행시켰던 적이 있던
가!

남부 부흥군이 건재했을 때에도 프랑크바크 수용소를 습
격하자는 생각은 전혀 하지도 못했다. 한데 고작 수십 명, 그
리고 한낱 주먹패들로만 저 대단한 제국을 상대로 이런 일을
성공시키다니!

통쾌하고 짜릿했다.

비첼도 고개를 끄덕였다.

"모두들 은신처로 분산 수용하세요. 최대한 의료 인력을
투입해 병자들을 치료하고 따뜻한 음식을 제공하세요. 이젠
서서히 빠져나가야 할 것 같습니다. 코아락이 더 이상 버텨주
지 못할 거예요."

비첼의 예상은 정확했다.

이때 코아락의 주먹패 천 명 중 사상자가 거의 사백 명에
육박했다. 아무리 살벌한 주먹패라도 정예인 치안대를 상대
로 버티는 것은 어려웠다. 그렇지만 치안대도 대략 이백 명
가까이 손실을 입고 있었다. 지금 프랑크바크의 현재 상황은
그야말로 무법천지요, 혼란이 극대화되고 있었다.

일도 거의 마무리가 되어가고 있다.

풀려난 수감자들은 놀라울 정도로 부흥군에 협조하고 질
서를 지켰다. 빠르게 일을 진행시킬 수 있었고 순식간에 수백
명이나 되는 인원이 일사분란하게 빠져나갈 수 있었다.

예상보다 일이 너무 쉽게 진행되자 자신만만했던 비첼도 뭔가 이상한 낌새가 들었다.

'함정은 아닌데…….'

함정은 아니다. 수많은 은신처로 수감자들이 몸을 숨겼단 소식이 계속해서 들어오고 있다.

적들의 정보력이 아무리 대단하다고 한들 철저하게 비밀을 지킨 은신처가 발각될 리는 없다.

그러나 일이 너무 쉽게 진행되고 있다. 간수들의 반항은 제법 격렬했지만 쉽게 해결할 수 있었다. 뭔가 뒤가 께름칙한 기분이었다.

그리고 그런 비첼의 불길함은 이내 사실로 증명됐다.

꽝!

격한 굉음이 울렸다.

"으아악!"

밖에서부터 끔찍한 비명이 가득 울려 퍼졌다.

"……!"

비첼의 얼굴이 딱딱하게 굳어졌다. 갑작스런 비명은 일이 심상치 않게 돌아간다는 것의 반증이었다. 주위 사람들이 동요하기 시작했다.

아까부터 느끼던 불길한 낌새가 사실로 다가온 것이다.

파파팟!

안을 환히 밝히던 횃불이 한순간에 사그라졌다. 칠흑 같은 어둠이 깊게 내려앉았다.

"으악!"

"커억!"

비명은 점점 가까워졌다. 비첼은 이를 악물었다. 밖에서부터 들리던 비명이 어느 순간부터 안에서 울리고 있었다. 정체불명의 적들이 안으로 진입했단 얘기였다.

"퇴로가 막혔소!"

누군가 비명처럼 외쳤다.

비첼은 크게 동요하는 요원들을 다독였다.

다행히도 대부분의 수감자들은 이미 수용소를 빠져나가 은신처로 몸을 피하고 있는 상태였다.

안에는 비첼을 비롯한 미하일 등 재건되는 남부 부흥군 핵심들이 마지막 정리를 위해 남아 있을 뿐이었다.

파팟!

불이 일제히 다시 밝혀졌다.

그리고 보이는 모습에 비첼은 침음을 흘렸다.

"으음!"

정체불명의 괴인(怪人)들이 각각 출입구들을 다 막아서고 있었다. 그들의 가슴에서는 황금색의 막대가 그 찬란한 빛을 토해내고 있었다.

비첼은 그들의 정체를 알 수 없었다. 하나 분명히 알 수 있는 점은 있었다. 결코 호의적인 입장으로 앞을 가로막은 것은 아니란 사실.

"놀랍네요. 설마 프랑크바크 수용소를 습격할 생각을 하다니."

가늘고 여린 목소리였다.

비첼의 시선이 흑의인들 중 가장 날렵하고 작은 체구를 가진 인영에게 닿았다.

곧바로 여성임을 알아챈 비첼은 그녀가 저들 중 가장 높은 사람임을 눈치 챘다.

"너무 늦게 나타났는데."

비첼이 눈을 가늘게 떴다.

함정이라 하기엔 저들의 등장이 너무 늦다. 이미 빠져나갈 이는 다 빠져나갔는데 이제야 등장해서 무얼 하는가. 그런 비첼의 음성이 조용히 울리는 가운데, 그녀가 입을 열었다.

"예상하지 못했으니까요. 설마 수용소를 습격할 줄은 몰랐을 뿐이에요. 전혀 예상 밖의 과감한 행동에 우리가 움직이는 게 늦었죠."

"그런가."

비첼은 어깨를 으쓱이며 브로드 액스를 들어 올렸다.

퇴로는 저들에 의해 다 막힌 상황.

그렇다면 별 수 없다. 싸울 수밖에 없지 않은가? 그러나 비첼은 내심 참담했다.

척 봐도 저들의 무력은 쉬이 얕볼 수가 없다. 마나를 사용할 수 있는 사람인지는 모르나 대부분이 굉장한 실력을 지니고 있음을 은연중에 알 수 있었다. 그에 반해 이곳에 남은 이들은 순수 무력만 따지면 부족한 부분이 너무나 많았다. 그나마 미하일이 제법 무술 실력이 높지만 부족함을 숨길 수는 없다.

고로 비첼 홀로 많은 적을 상대해야 했다.

결국 손실과 희생은 감수해야만 하는 상황.

"저희가 한 방 먹긴 했지만, 이젠 반격을 해야겠죠. 비첼."

"날 아는군."

"그럼요. 당신 덕택에 오랜만에 파우띠나 전체가 움직였으니까요."

"파우띠나!"

"……!"

미하일이 비명처럼 소리를 질렀다. 파우띠나란 이름에 두 눈이 찢어질 듯 커졌다. 비첼의 얼굴도 딱딱하게 굳었다.

비첼이 어찌 파우띠나를 모르겠는가!

파우띠나!

제국 최고, 또는 최악의 추적 집단.

그들의 거미줄에 한 번 걸리면 절대로 빠져나갈 수 없다는 얘기가 있을 정도였다.

비첼도 그런 파우띠나의 악명과 무서움은 잘 알고 있었다. 그간 파우띠나의 거미줄에 걸려 붙잡혀 간 부흥군 요원이 한

둘이 아니었다.

부흥군이 북방의 리바이벌로 숨어든 이유도 어쩌면 파우띠나의 눈을 피해서였다.

그런 파우띠나의 등장에 비쳴은 일이 심각하게 돌아가고 있음을 절실히 느꼈다.

"이거 영광인데. 악명 높은 파우띠나가 날 노린다니 말이야."

비쳴은 짐짓 넉살을 떨었다.

"왜 날 노리는 거지? 많고 많은 부흥군 중 한 명일 뿐인데."

"정말 몰라서 묻는 건 아니겠죠?"

그녀, 그러니까 파우띠나의 수장인 나타샤는 말없이 눈웃음을 지었다.

복면을 쓰고 있는 다른 요원들에 비해 그녀는 얼굴을 훤히 드러내고 있었는데 매혹적인 외모에 다른 이들이 넋을 놓을 수밖에 없었다. 비쳴도 놀라긴 했지만 고작 여자의 외모에 감정이 휘둘릴 위인은 아니었다.

"뭐, 일 좀 벌인 건 있지. 한데 고작 그런 일로 파우띠나가 나섰다? 추적자가 보이기 않길래 포기한 줄 알았다만, 오히려 병사들이 아니라 추적 집단인 파우띠나가 날 노리고 있었다라……."

"후후후! 우리가 추적한 건 당신이지만, 더 필요로 하는 건 따로 있죠."

"필요로 하는 것?"

비첼은 파우띠나가 노리는 걸 살폈다.

비록 자신이 벌인 일이 자못 심각한 일이긴 하지만, 파우띠나의 수장이 직접 이렇게 나설 줄은 몰랐다.

수장이 직접 나설 정도로 비첼이 큰일을 벌인 것인가?

글쎄.

비첼은 아니라고 생각했다.

"사실 당신을 못 잡아도 상관이 없어요. 저희가 진짜 노리는 건 따로 있으니까요."

나타샤는 매혹적인 미소를 지었다.

"진짜 노리는 거라. 왜 이렇게 친절히 말해주는 거지?"

"어차피 독안에 든 쥐 아닌가요?"

"하긴 그렇지. 근데 그런 이야기는 못 들어봤나?"

"……?"

"쥐도 궁지에 몰리면 고양이를 문다."

흥흥흥!

비첼은 말이 끝나기도 전에 핸드 액스를 던졌다. 가공할 파공성이 대기를 찢어가며 나타샤의 이마를 정확히 노렸다.

"어딜!"

지켜보던 요원 하나가 급히 몸을 흔들었다.

그의 소매춤에서 불쑥 튀어나온 짧은 단도가 가볍게 핸드 액스를 비켜 쳐냈다.

콰직!

핸드 액스는 방향이 바뀌어 나무로 이루어진 바닥을 파고 들었다.

비첼은 당황하지 않고 몸을 날렸다.

'대가리만 치면 된다!'

카이로때부터 마음에 묻어뒀던 격언!

로무가 해줬던 조언은 아직까지도 비첼의 가슴속에 있었다. 비첼은 오로지 나타샤를 노리고 도끼를 휘둘렀다.

콰득! 콰드득!

하나 나타샤는 꼼짝도 하지 않았다.

오히려 방금 전 핸드 액스를 쳐낸 요원이 단도를 가볍게 휘두르며 비첼을 막았다.

요원의 가슴에는 금빛 막대 세 개가 찬란한 빛을 내고 있었다. 파우띠나의 특급요원은 전투능력이나 은신술, 추적술 등 모든 분야에서 최고에 도달한 이다.

특급요원은 능숙하게 비첼의 파괴력을 허공으로 흘려보내는 식으로 막아냈다.

'제길. 천적이군.'

비첼의 얼굴이 딱딱하게 굳었다.

비첼의 무술은 도끼에서 뿜어져 나오는 강력한 파괴력에 기본을 두고 있다.

애초에 체계적으로 무술을 배우지 못한 게 한계였는데, 그간 수많은 싸움으로 단련된 비첼의 무술은 이렇게 공격을 흘려내는 식의 상대에겐 쥐약이었다.

압도적인 파괴력으로 단숨에 적을 뭉개야 하는 법!

하나 적은 놀라울 정도로 능숙한 솜씨로 공격을 흘려내며 때때로 날카로운 기습을 날렸다.

"흡!"

슈수수수숙!

특급요원의 소매춤에서 비수가 쏟아졌다.

서로 맞부딪치느라 너무나 가까운 거리를 유지했다.

피하기에도, 쳐내기에도 공간이 여의치 않았다.

몸 전체를 노리듯 쏟아지는 비수들! 비첼은 이를 악물고 몸을 크게 회전했다.

우득, 우드득!

탄탄하게 부풀었던 근육이 끊어지는 고통!

하나 비수들은 매서울 정도로 급소를 노렸고, 비첼은 근육이 찢어지면서도 억지로 몸을 움직였다.

슈수수숙!

그런 비첼에게 특급요원은 단도를 찔러왔다.

푸욱!

비첼은 결국 공격을 허용할 수밖에 없었다. 또 비수도 다 피하거나 막아내지 못해 곳곳엔 상처가 가득했고 핏물이 진하게 배어나왔다.

"저, 저런!"

"비첼!"

비첼의 무력을 봐왔던 미하일의 얼굴엔 경악이 서렸다.

"쥐는 고양이를 물죠. 하지만, 호랑이는 물지 못하죠."

그런 그들에게 나탸사의 목소리가 달콤한 사탕처럼 은은하게 울렸다.

"하……."

비첼은 허탈하게 웃으며 허리를 쭉 폈다.

"호랑이라, 호랑이라……."

궁지에 몰린 쥐는 고양이를 문다. 하지만 고양이가 아니라 호랑이라면?

"한 번 보지. 물 수 있나, 못 무나."

비첼이 씩 웃으며 번개처럼 달려갔다.

그런 비첼의 옆구리로 특급요원의 단도가 찔러갔다. 그때였다. 비첼의 몸에서 아우라처럼 안개가 피어올랐다.

안개는 마치 살아 있는 생명체처럼 움직이더니 공격해오던 단도를 퉁겨냈다.

"……!"

지켜보던 나탸사의 눈빛이 빛났다.

저것이다!

파우띠나가 사실상 노리는 정확한 목표!

마나를 무력화시키는 정체불명의 힘!

아니, 비단 마나만 무력화시키는 힘이 아니었다. 분명히 안개는 움직였고, 특급요원의 단도를 쳐냈다. 즉 물리적인 힘까지 가지고 있단 얘기였다.

나타샤는 더 이상 머리를 굴릴 수 없었다.

비첼의 신형이 빛살처럼 쭉 늘어나더니 어느새 나타샤의 머리 위로 도끼가 떨어지고 있었다.

나타샤의 몸이 가볍게 흔들리면서 공격을 간단히 피해냈다. 비첼은 연이어 공격을 퍼부었다.

홍홍홍홍!

도끼로 찍고! 휘두르고! 발차기를 날리고!

비첼의 공격이 마구 쏟아졌지만 나타샤는 마치 깃털과 같은 가벼운 움직임으로 피해냈다.

여리여리한 몸으로 가벼이 움직이는 나타샤는 약오를 정도로 공격을 피해냈다. 그 틈에 다른 요원들의 공격이 비첼에게 쏟아졌다.

'죽이지는 말아요. 생포가 목적입니다!'

나타샤가 명령을 내렸다.

그들이 노리는 건 비첼의 목숨이 아니었다.

지금 비첼이 보여주고 있는 정체불명의 힘!

"한눈을 팔면 안 되지!"

"엇!"

나타샤가 당황스런 신음을 터뜨렸다.

비첼의 신형이 어느새 나타샤의 코앞에 당도했다.

그러나 그것을 지켜만 볼 파우띠나 요원들이 아니었다.

푸파팍! 수수수슉!

요원들은 품속에서 비수를 쏟아냈고, 동시에 단도를 마구 잡이로 휘둘렀다.

"···미친!"

나타샤의 입에서 험한 말이 튀어나왔다. 비첼의 신형은 멈추지 않고 돌입했다.

온몸 곳곳에 박히는 비수! 무차별적으로 쏟아지는 검들!

등, 허리, 허벅지, 종아리 곳곳에 기다란 검상이 쭉쭉 그려졌다.

피가 분수처럼 솟기도, 쭉 흘려 내리기도 했다. 그럼에도 비첼은 꿋꿋이 버텨내고 나타샤만을 노렸다.

"······!"

그토록 지독한 모습에 나타샤의 몸이 순간적으로 굳어졌다.

가볍게 비첼의 공격을 피하고 날렵한 검으로 비첼을 막아내고 공격하던 나타샤였지만 지독하기 짝이 없는 모습에 순간적으로 굳어질 수밖에 없었다.

비첼은 그 틈을 놓치지 않았다.

우득!

"컥!"

설마 모든 공격을 감수할지는 몰랐다. 비첼의 손아귀에 나타샤의 가느다란 목이 붙잡혔다.

우드득!

"끄으윽!"

목이 부러질 듯한 섬뜩한 소리.

비첼에게 무차별적으로 공격을 퍼붓던 파우띠나 요원들의 얼굴이 딱딱하게 굳었다.

온몸에 혈흔이 낭자하다.

심한 상처가 빼곡히 나 있고 곳곳에 비수가 박힌 비첼은 말 그대로 혈인(血人)과 같았다.

지독하다.

비첼의 신형이 워낙 쏜살같아 대부분의 상처는 깊지 않다.

하나, 저 중에는 중상에 가까운 깊은 상처도 분명 있다.

그러면 엄청난 고통일 터.

그것을 감수하면서 나타샤의 목을 움켜 쥔 비첼. 지독하다 못해 대단하다고 느껴질 정도였다.

그러나 그런 감정은 잠시였다.

파우띠나 요원들의 얼굴이 당혹감에 물들었다.

우드득!

"끄끄끽……!"

목을 강하게 움켜쥐는 비첼!

그리고 끔찍한 신음을 흘리는 나타샤!

세상에. 파우띠나의 수장이 누군가에게 저리 험하게 붙잡힌 적이 있던가?

나타샤의 개인 무력도 뛰어나지만, 굳이 따지면 특급요원에 간신히 도달할 정도다.

나타샤는 팀을 이끄는 리더십과 결단력, 그리고 빠른 판단력과 정보를 조합하고 분석해내는 능력으로 파우띠나의 수장이 된 자였다.

사실 무력을 담당하는 것은 특급요원들이 대부분!

그런 특급요원들이 비첼을 막아내지 못했고, 수장은 사실상 인질로 잡혔다. 상황이 순식간에 역전된 것이다.

"자. 이제 협상하지."

비첼의 목소리는 차가웠다.

"괜한 협박 안 해도 되겠지? 조금이라도 허튼 짓을 하면 이대로 목을 비틀어 버린다."

우드득

"컥……."

목뼈가 부러질 정도로 강하게 움켜쥐는 손아귀.

고저 없는 목소리.

특급요원들은 쉬이 움직일 수 없었다.

그의 눈동자에선 심장이 멈출 것 같은 독기가 뚝뚝 흘렀고, 지독한 살기가 가득했다.

'머리가 핵심이었군.'

비첼은 창백해진 얼굴의 나타샤를 보며 생각했다.

싸움을 시작할 때부터 비첼은 나타샤를 노렸다.

그럴 수밖에 없었다.

애초에 한 집단을 상대할 때 머리를 치는 것이 가장 손쉬운 방법이다. 더구나 비첼이 나타샤를 노렸을 때, 다른 요원들이 나타샤를 어떻게든 보호하려는 모습을 보였다. 그만큼 파우띠나의 리더인 나타샤를 중히 여긴다는 얘기.

실질적으로 나타샤는 거의 싸우지 않았다. 즉, 그 얘긴 실제 무력이 여러모로 부족하다는 사실이었다.

물론 비첼의 공격을 가뿐히 피해내는 몸놀림으로 보아 전혀 실력이 없는 것은 아니지만, 하여튼 간에 그녀는 무력 담당이 아니란 얘기다. 하기야 파우띠나는 추적 집단의 우두머리가 직접 일선에서 싸우는 일은 없을 테니.

그래서 비첼은 노골적으로 나타샤를 노렸다.

무수히 많은 공격과 심각한 상처들을 견뎌내면서.

결국 나타샤의 목숨을 손아귀에 쥔 것이다.

나타샤를 중히 여기는 요원들.

비첼의 협박을 가벼이 들을 리는 없으리라.

"협상을 하자고."

비첼이 슬그머니 손에 준 힘을 살짝 풀었다.

"허억, 헉헉헉……."

그제야 나타샤는 숨을 몰아쉬었다. 창백하기 짝이 없는 하얀 얼굴에 조그만 홍조가 감돌았다. 그 모습이 아련하기 짝이 없어 지켜보는 남정네들의 마음을 흔들었다. 하나 비첼은 무심한 얼굴로 그녀를 노려볼 뿐이었다.

"협상 조건은?"

나타샤는 금세 기색을 되찾곤 태연한 얼굴로 물었다.

방금 전까지만 해도 죽을 법한 상황이었는데 오히려 차분한 모습을 취하는 나타샤. 그에 비첼도 감탄할 수밖에 없었다.

"이곳에 있는 모든 이가 안전하게 빠져나갈 때가지 건들지 말 것. 또한 추적도 하지 말 것. 이건 이미 수용소를 빠져나간 수감자들도 마찬가지. 솔직히 말해. 그들이 빠져나가는 걸 일부러 지켜본 것이지?"

"……"

대답은 하지 않았지만 나타샤 눈동자가 살짝 흔들렸다가 차분해졌다.

다른 사람들이었으면 보지 못했을 정도로 빠른 대처였지만 그녀에게 집중하고 있던 비첼은 그것을 정확하게 캐치해 냈다.

"역시군. 마음만 먹었으면 수용소 밖으로 탈출하기 전에 포위망을 만들었을 텐데. 지켜본 이유는… 숫자의 열세 때문인가?"

"……"

"팔백 명에 가까운 수감자를 상대하기엔 숫자가 부족하겠지. 그래서 대부분 탈출할 때까지 지켜만 보다가… 이제 핵심 인물들 몇몇만 남았다 싶어서 이렇게 짠 하고 나타난 것이고. 뭐, 이미 탈출한 이들을 추적하는 거야 파우띠나라면 누워서 떡 먹기지. 그치?"

"…하."

비첼의 말에 나타샤는 결국 한숨을 내쉬었다. 비첼의 입꼬리가 올라갔다.

"결국 지금 여기 있는 인물들이 전부라는 것이군. 고작 아홉 명이 말이야."

"…그거까지!"

나타샤는 저도 모르게 소리쳤다가 이내 입을 꾹 다물었다. 그녀의 눈동자가 사정없이 흔들렸다.

비첼의 말대로 수용소에 있는 요원들은 나타샤를 포함해 아홉 명이 전부다.

로스트 전역과 심지어는 과거 로만 왕국의 지역까지 요원들이 파견 나간 상태였기 때문이다.

비첼을 밀착 감시하고 있었지만 설마 수용소를 습격할 줄은 나타샤도 예측 못했다. 그래서 급하게 지금 가용할 수 있는 여덟 명만 데리고 이곳에 온 것이다. 한데 보니까 상황이 심각했다.

치안대 병력은 갑작스런 대규모 사태에 발이 묶여 있었다.

그런데 수용소에는 풀려난 팔백 명의 수감자들과 이백 명에 가까운 부흥군 요원, 그리고 주먹패가 있었다.

아무리 아홉 명이 파우띠나의 요원들이라 해도(그것도 고작 네 명만이 특급요원이었을 뿐) 숫자의 열세가 너무 심했다.

결국 비첼의 말처럼 탈출하는 걸 일부러 방관할 수밖에 없었다.

어차피 추적술이라면 제국 최고인 파우띠나가 탈출한 수감자들의 뒤를 쫓는 거야 어렵지 않다.

결국 이렇게 비첼을 비롯해 핵심 인사 수십 명만 남았을 때 모습을 드러낸 것이다.

그런데 비첼은 요원이 고작 이 안에 들어 있는 아홉 명이 전부라는 사실을 그간 정황과 예측만으로 파악해냈다.

갑작스럽게 의표를 찔린 탓에 나타샤는 당황했고, 그 모습이 비첼의 추측을 확신으로 만들어줬다.

"…당했군."

입맛이 씁쓸했다.

나타샤는 비첼의 의도에 휘말린 것이다.

어쩌면 방심, 그것일지도 모른다.

특급요원 네 명에 일급요원이 네 명, 그리고 본인을 포함해서 아홉이면 충분히 비첼을 생포하고 비기를 밝히는 것쯤이야 어렵지 않으리라 생각했다.

매사에 차분하고 신중하게 생각하는 나타샤였지만 조금의

틈이 결국 방심을 갖게 했고 이리 쉽게 비첼에게 말려들고 말았다.

하나 그렇다고 해서 패배한 것은 아니다.

'시간, 시간만 있으면.'

치안대가 평생 묶여 있는 것도 아니다.

조금만 지나면 치안대가 들이닥치는 것은 분명하다.

숫자의 열세에서 벗어나는 것!

아니, 지금 당장에라도 나타샤가 자신을 포기하고 협상은 없다고 선언하면 요원들은 어떻게든 남은 이들을 다 죽이고 비첼을 생포해내고 말 것이다. 물론 그 와중에 입는 피해도 심각하겠지만, 충분히 할 수 있다.

즉, 비첼이 유리하다고 볼 수 있는 면은 전혀 없다.

나타샤는 어쩌면 비첼보다도 더 독해질 수 있으니까.

"내가 잡혀주지."

"…뭐?"

"애초에 노리는 건 나였다면서. 내가 잡힌다고. 내가 말했던 조건들만 지킨다면야."

"……"

나타샤의 얼굴이 복잡해졌다. 나타샤를 인질로 잡고 빠져나갈 줄 알았다. 한데 본인이 스스로 잡히겠다고 협상 조건을 내걸었다. 나타샤의 머릿속에서 수많은 생각이 스쳐갔다.

"어차피 노리는 게 나라며. 나만 잡으면 간단한 일이지 않나? 뭐, 이번 협상이 마음에 들지 않는다고 하면 다 같이 죽을 각오는 해야겠지."

그렇게 말하는 비쳴의 눈동자에서 독기가 뚝뚝 흘렀다.

"비쳴……!"

"그냥 싸웁시다! 비쳴!"

별다른 수 없이 지켜만 보던 미하일을 비롯한 요원들이 외쳤지만 비쳴은 요지부동이었다. 아무런 말을 하지 않았지만 돌처럼 굳은 얼굴은 그의 단호한 마음을 보여주고 있었다.

미하일은 그걸 눈치 챘다. 만일 여기서 싸우면 겨우 재건되는 남부 부흥군이 큰 피해를 입는다. 또 이번에 탈출한 수감자들이 추적되어 잡히는 거야 금방이다.

비쳴의 의도를 파악한 미하일이 분한 듯 입술을 깨물었다.

한참 여러 생각으로 고민하던 나타샤는 차분한 목소리로 말했다.

"좋아요. 그러죠."

Chapter 05
백색의 방

로스트 총독부 총독관저.

현재 총독부에서 진행시키고 있는 일만 해도 한두 가지가 아니다. 부흥군 소탕부터, 추적, 색출, 그리고 전쟁 준비. 모든 일이 중요하지만 류블로프 총독이 가장 중점을 두고 있는 일은 바로 전쟁 준비였다.

대륙은 동쪽에 위치한 붉은 제국에 의해 사실상 통일되었다고 해도 무방하다.

중간에 위치한 로만, 서쪽에 위치한 로스트 왕국이 멸망하면서 제국을 견제할 세력은 전무했다. 그나마 남은 남부에서 여섯의 도시 국가가 연합한 남부 도시 국가 연합(South City

State United), 이하 SCSU 등이 제국에 대항할 수 있는 세력을 갖췄다고 볼 수 있다.

그 외에 북방의 야만족들, SCSU보다 아래 위치한 밀림의 야만족들만이 남았을 뿐.

제국의 영향력은 대륙 전체에 뻗어 있었다.

류블로프는 여기서 SCSU까지 무너뜨려 제대로 된 대륙일통을 이뤄내야겠다는 마음을 먹었다.

붉은 제국은 전쟁 국가다.

수백 년에 걸친 내전과 통일, 그리고 확장의 역사!

치열한 전쟁의 역사!

아직도 제국의 팽창은 끝나지 않았다. 대표적으로 강경파인 군부의 수장 류블로프의 의견이 그러했고, 무소불위의 권력을 휘두르는 황제도 그러했다. 황제는 야심이 깊었다.

대륙일통이라는 전무후무한 역사를 이루어내겠다는 그 야심!

황제는 그런 야심을 이루어낼 선봉장으로 류블로프를 선택했다.

"현재까지 징집된 병사는 9만입니다. 전부가 로스트인으로 구성되었습니다."

"흠. 제국 정예병은 어느 정도 구성하려고 하나?"

"현재 로스트 주둔군에서 1만 명을 차출할 예정입니다. 그래서 9:1대의 비율로 십만 병력을 구성할 생각입니다."

중년 남성은 그렇게 말하며 보고서를 제출했다. 류블로프는 턱을 쓰다듬으며 보고서를 읽어 내려갔다.

이번 전쟁은 SCSU를 점령하는 것도 있지만, 더 깊은 이유는 바로 로스트의 젊은층 인구 감축에 있었다. 로스트는 로만과 달리 부흥을 위해 끊임없이 움직였고, 그에 따라 제국의 부담감은 더욱 심해지고 있었다.

류블로프는 로스트가 왜 이리 부흥군이 많은지 이유를 분석했고 그것을 곧 인구 비율에서 찾아냈다.

로만 왕국은 제국과 5년 동안 전쟁을 했다.

치열하고 처절했던 싸움이다.

그 전쟁에서 로만의 젊은이들은 대부분이 죽어나갔다. 칼을 들고 싸울 수 있는 20~40대의 사내들이 전쟁에서 전부 죽어버린 것이다. 그들은 사실상 농사를 짓거나 하는 생산 활동을 이끄는 역할.

5년간의 전쟁에 20~40대의 인구 층이 거의 전멸함으로서 로만은 결국 완전히 멸망하고, 다시는 일어설 수 없게 된 것이다.

그래서 로스트와는 달리 부흥군이 출현하지 않았다.

하나 로스트는 달랐다.

로스트는 고작 1년 만에 무너졌다.

원래 류블로프는 수도를 점령한 이후 전쟁을 질질 끌 예정이었다. 로만처럼 시간을 끌면서 싸울 수 있는 인구 층을 확연히 줄여 버릴 예정이었다. 전쟁을 빨리 속전속결로 끝낸다고 해도 피정복민이 정복자에게 반감을 가진다면 점령된 이후에도 일이 골치 아파지는 일을 류블로프는 잘 알고 있었기 때문이다.

그러나 문제는 류블로프도 전혀 예상하지 못한 곳에서 발생했다.

바로 남부 영주들이 자기네 영지들을 갖다 들어 바친 것이다.

로만 왕국 같은 경우엔 나라 전체가 똘똘 뭉쳐 결사적으로 싸웠다. 로스트도 그럴 것이라 생각했던 류블로프로서는 당황스러울 수밖에 없었다.

하나 영지를 갖다 바치면서 항복하는데 안 받아줄 수가 없다. 그러다 보니 전쟁이 너무나 쉽게 끝나버렸다. 그리고 너무 빨리 끝났다.

이 얘기는 결국 싸울 수 있는, 생산 활동 등 사회의 주축이 되는 20~40대의 인구층이 많이 살아남았단 사실이다. 이것이 결국 문제가 되어 부흥군 세력이 로스트 전역에서 난립했다. 이 일은 총독부뿐만 아니라 황제도 고민하는 골칫거리였다.

류블로프는 여기서 인구층을 줄일 계책을 세웠다.

바로 SCSU와의 전쟁에 이들을 이용하는 계책!

전쟁에 로스트인들로 구성된 병단을 출병시키고 이들로

하여금 싸우게 한다. 결국 이 인구층이 줄어버릴 수밖에 없다.

너무나도 잔인한 계책이다.

잔혹하고 치졸하고, 비겁한 계책이다.

하나 류블로프이기에 생각해낼 수 있는 계책.

"출병 시기는 언제쯤으로 잡으면 좋을까."

"그것이… 현재 귀족원에서 반대가 심하답니다."

"반대?"

"예. 지금 점령한 로만과 로스트도 소화불량에 걸린 것처럼 완벽히 소화하지 못했는데 또 다른 전쟁을, 그것도 점령전을 준비하는 것은 옳지 못한 일이라고……."

"빌어먹을. 내가 이래서 수도 귀족들을 싫어한단 말이야. 마음 같아선 목을 잘라 걸어두고 싶다니까. 하여간 배부른 돼지 새끼들."

류블로프는 거침없이 욕설을 내뱉었다.

야전 출신인 류블로프는 결코 귀족의 고귀함 따위는 가지고 있지 않았다.

"황제 폐하께서는 어떤 반응이신가?"

"황제 폐하께서도 귀족들이 너무 들고 일어선지라 당장 전쟁을 독촉하는 말씀은 못 하셨습니다. 하지만… 따로 은밀히 전쟁 준비에 차질이 없으라는 밀명을 어제 총독부로 보내왔습니다."

중년 남성의 대답에 류블로프는 그제야 슬쩍 미소를 지을 수 있었다.

역시, 황제는 황제다.

고작 귀족원이 반대한다고 해서 전쟁을 안 벌일 황제가 아니다.

사실 황제는 전쟁광 중의 전쟁광이다.

타고난 야심가이자 전쟁광!

그가 전쟁을 포기할 리가 없다. 군인이라 호전적인 류블로프는 그런 황제의 야심이 너무나 마음에 들었다.

"그래. 귀족들이 트집 잡지 않을 정도로 은밀히 전쟁을 준비하게. 보아하니 제국에서 자금을 지원하기는 요원하겠고, 우리 총독부에서 대부분 준비해야겠어."

"알겠습니다. 명을 수행하겠습니다, 각하."

중년 남성은 고개를 숙이고 방을 나가려 했다.

그러다가 갑자기 생각난 것이 있는지 다시 류블로프의 탁자 앞으로 다가왔다.

"무슨 일인가? 아직 할 말이 더 남았나?"

"오늘 새벽 파우띠나로부터 연락이 왔습니다."

"파우띠나? 그러면……?"

"잡았다고 합니다. 비첼이란 놈 말이죠."

그 말에 류블로프가 웃음을 터뜨렸다.

"하하하! 역시 파우띠나군. 못 잡을 리가 없지. 그래, 그 마나를 무력화시키는 비밀은 밝혀냈나?"

"놈이 입을 다물고 있어 아직 밝혀내지 못했다고 합니다."

"하긴. 엄청난 비밀인데, 그걸 순순히 내줄 리가 없지. 어떻게든 그걸 알아내야 하는데……."

류블로프의 얼굴이 이내 진지해졌다.

나타샤로부터 그 '비밀'에 대해 보고를 받았을 때 류블로프는 자리에서 벌떡 일어날 정도로 놀랐다. 세상에, 마나를 무력화할 수 있는 힘이 있다니! 이건 엄청난 비밀이었다. 제국이 가지고 있는 비밀 병기인 제국의 불보다 더 엄청난!

제국의 불이 전쟁의 판도를 변화시킬 정도로 희대의 무기였지만 이 비밀에 비해선 아니었다. 아직도 모든 무력의 척도는 기사였고, 기사가 사용할 수 있는 힘의 원천은 마나였다.

기사란 존재는 절대적인 무력이다.

한데 그런 기사를 무력화할 수 있다.

이 얼마나 놀라운 일인가?

대기사 전용 병단을 만들어 기사단을 상대하게 한다면?

기사의 몰락!

그리고 제국은 도저히 넘을 수 없는 산처럼 더욱 강력해질 것이다.

그래서 류블로프는 특별명령으로 절대적으로 비첼을 생포해서 이 비밀을 밝혀낼 것임을 확실히 했다.

"어떻게든 밝혀내야 되네. 나타샤는 어찌 하겠다고 하는가?"

"지금 로만 지역으로 이동하고 있습니다."

"로만?"

"예. 놈의 배포와 배짱으로 보건데 고문을 가한다 해도 죽으면 죽었지, 밝힐 놈은 아니랍니다. 그렇다고 정신 마법을 쓰면 워낙 의지가 강한 놈이라 거부하다가 미쳐 버릴 수도 있다하니… 백색의 방에 감금하겠다고 합니다."

"백색의 방……."

류블로프가 고개를 끄덕였다.

모든 이들을 미치게 만드는 최악의 수용소.

백색의 방.

그곳이라면 충분히 비밀을 토해내게 할 수 있으리라. 그곳을 버틴 이는 없었으니까.

"아니, 한 명 있지 않나?"

"아… 예. 있지요."

"그자, 아직도 살아 있나?"

"예. 백색의 방에 아직도 감금당해 있습니다. 여전히 살아 있습니다."

"…대단한 자로군, 정말로. 로스트인이 아니었다면… 아니, 제국에 조금이라도 귀부하겠단 마음이 있었다면 좋았을 거늘. 참으로 아까운 작자야."

류블로프의 얼굴은 정말 안타까운 표정이었다.

제국의 군부의 수장이자 황제의 신임을 받는 최측근인 그가 아까워할 정도로 대단한 사람이 그곳에 있었다.

"그래도, 그 사람의 제자는 우리 측에 있지 않습니까?"

"후, 그것도 참 이상하지. 스승과 제자가 서로 엇갈린 길을 가다니."

"시대가 만들어낸 사태지요."

"알겠네. 나타샤에게 이 일의 전권을 주지. 무슨 수를 써서라도 밝혀내도록."

"알겠습니다, 총독 각하."

지금 이런 류블로프의 선택이, 훗날 어떤 결과를 불러올지는 류블로프 본인도, 그 외에 아무도 모르는 일이었다.

*   *   *

눈을 가린지 오래였다.

손발이 묶이고 눈마저 가리고, 비첼은 마차에 올랐다.

덜컹!

마차가 돌부리를 지났는지 크게 흔들렸다.

비첼은 한숨을 내쉬었다.

'내 비기(秘技)를 노리는군.'

예측했던 바였다.

파우띠나 수장이 나설 정도로 대놓고 노릴 만한 것은 비첼의 비기밖에 없었다. 비첼이 요트란의 관리를 죽이고 불태운 일은 분명 큰 범죄이나 파우띠나의 수장이 나서기엔 부족한 감이 있었다. 그러면 결국 더 큰 먹잇감이 비첼에게 있어야 했는데 그것이 바로 비기였다.

마나를 무력화시키는 힘!

비첼은 이것이 얼마나 희소성을 가지는지, 그리고 엄청난 파급력을 가지는지 잘 알고 있었다.

그렇기 때문에 비첼은 스스로 희생하는 일에 주저 없었다.

'나도 정확히 모르는 거니까.'

비첼의 입가에 쓴웃음이 걸렸다.

비록 자신의 비기지만 이것이 무엇인지, 그리고 정확한 원리는 비첼도 몰랐다.

언제였던가?

로만스터가 마나를 느낄 수 있는 혈통임이 밝혀지고, 마나 연공을 시작했을 때였다.

비첼은 로만스터와 자주 겨뤘다. 대결을 하다 보면 예상치 못하게 서로가 격해져서 거칠어지는 경우가 있다. 그때 로만스터는 아직 마나를 다루는 힘이 미숙해서 저도 모르게 마나를 힘껏 사용했었다.

마나를 사용하지 못하는 비첼에게는 치명적인 공격인 셈.

하나 그 순간 놀라운 일이 벌어졌다.

순간적으로 목숨이 경각에 달하자 비첼에게서 알 수 없는 힘이 뿜어져 나왔다.

옅은 안개처럼 형상화 되는 그 힘!

그것은 놀랍게도 로만스터의 마나를 샅샅이 분해했고 종국에는 없애버리기까지 했다.

비첼이 의도한 바가 아니었다.

마치 자기 방어 본능 같았다.

자기도 모르게 본능적으로 튀어나오는 힘!

비첼은 이것이 무엇인지 전혀 몰랐다. 전혀 아는 바가 없었다.

그나마 다행인 점은, 그 순간 뿜어져 나오는 힘을 제대로 느꼈다는 것이다. 비첼은 이 힘을 자유자재로 사용할 수 있게끔 사력을 다했다. 지금에 이르러서는 어느 정도 원하는 대로 사용할 수 있게 됐지만, 이 정체불명의 힘이 무엇인지 파악된 바는 없었다.

리바이벌에서도 이런 비첼의 비기를 이용해 병사들에게 가르쳐 기사를 상대할 수 있게 하는 계획을 짰지만 결국 수포로 돌아갔다.

비첼도 정확히 어떤 힘인지 모르는데 어찌 가르치겠는

가. 그래서 비첼은 이렇게 스스로 잡혀온 것이다.

어떤 끔찍한 고문을 당한다고 해도 밝혀낼 수 없으리라.

비첼 본인도 모르는 힘을, 고문한다고 해서 어찌 튀어나오겠는가.

재건되는 남부 부흥군이 다시 무너지면 남부는 완전히 제국의 손아귀에 들어간다. 그런 남부 부흥군을 살리기 위해서 비첼이 희생한 것이다.

파우띠나가 추적하지 않는다고 협상했지만, 일은 모르는 법.

다행히 비첼에겐 코아락의 주먹패들이 있다. 뒷골목을 장악한 그들이다. 아무리 파우띠나의 추적술이 대단하도 한들, 뒷골목만큼에서는 주먹패들도 쉬이 밀리지 않는다.

미하일도 충분히 생각이 있는 사람이니 코아락과 협력해 기존에 정했던 은신처가 아닌 다른 곳으로 피했으리라.

"후."

그렇게 생각하자 마음이 편안해졌다.

덜컹, 덜컹!

마차가 크게 덜컹거렸다.

가는 길이 험한 듯했다. 조금은 불편한 표정을 짓는 비첼에게 매혹적인 목소리가 들렸다.

"어디로 가는지 알겠나요?"

"어찌 알겠나. 그저 끌려갈 뿐이지."

"흠. 뭔가 탈출하려는 방도를 꾸밀 줄 알았는데, 마치 다 포기한 것처럼 구는군요."

나타샤는 마차 안에서 비첼을 철저하게 감시하고 있었다.

어느 순간에 도망칠 줄 모르기에 마차의 주위로는 특급요원 넷과 일급요원 셋이 함께 움직이고 있었다. 뿐만 아니라 뒤로는 총독부에서 차출해 준 정예병 삼백과 기사 두 명이 따라오고 있었다.

비첼이 탈출하기엔 요원한 일이다.

"도망치기엔 상황이 여의치 않아서."

"여유를 잃진 않네요."

비첼이 피식 웃으며 벽에 등을 기댔다.

"얼마만의 휴식인줄 모르겠는데."

"휴식이요?"

"한동안 정신없이 뛰어다녀서, 이렇게 아무것도 안하고 마차를 타고 움직이니 휴식이지."

"하! 배포가 대단한 건지, 배짱인 건지."

나타샤가 못 말리겠다는 듯 고개를 저었다. 그런 나타샤를 바라보는 듯, 비첼의 고개가 그녀에게 향했다. 그리고 물었다.

"이름이 뭐지?"

"나타샤 쿠마로바예요."

"파우띠나의 수장의 이름치곤 예쁜 이름이군."

"칭찬인가요?"

"글쎄. 사실 깜짝 놀랐어. 파우띠나의 수장이라기에 되게 살벌한 사람이거나, 류블로프처럼 칼이 들어가도 눈 하나 꿈쩍 안 할 것 같은 이미지였거든."

비첼은 마치 오랜 친구와 대화를 나누듯 편하게 얘기했다.

"류블로프 총독을 아나요?"

"당연히 알지. 카이로만 떠올리면 그놈에게 이를 가는 놈이 한 둘이 아닐걸."

나타샤는 고개를 끄덕였다. 카이로 전투라면 류블로프를 군부의 수장으로 올라서게 할 정도로 길이길이 남는 전투였다. 제국의 입장에서야 대첩(大捷)이었지만 로스트의 입장에서는 치욕스런 패전이리라.

'잠깐. 뭐하는 거지?'

순간 나타샤는 깜짝 놀라 몸을 떨었다.

'내가 왜?'

자기도 모르게 너무나 편안하게 대화하고 있었다. 비첼은 분명 압송되어 가는 죄인이었다. 한데 마치 오랜 친구처럼 대화를 나누고 있었다. 나타샤는 그걸 깨닫자 곧바로 본능적으로 비첼을 경계했다.

"말동무나 하려 했더니. 영 거북하나 보네?"

"이상하네요. 절 죽이려고까지 했던 사람인데, 대화가 잘 이루어지다니."

그것이었다.

비첼은 결정적으로 나타샤의 목을 잡고 죽이려고까지 했던 자다. 아무리 나타샤가 상황에 따라 행동한다고 해도 자신의 목을 움켜쥔 자를 이렇게 편안하게 여긴다는 것이 정말로 이상했다.

비첼은 아무 말 없이 어깨를 으쓱였다. 아무 말도 하지 않았다. 나타샤도 비첼을 경계 어린 눈으로 응시하며 입을 열지 않았다.

침묵이 깊게 가라앉았다.

얼마나 시간이 흘렀을까.

마차가 수십 번 덜컹거리기를 반복할 무렵, 먼저 입을 연 사람은 나타샤였다.

"당신이 어디로 가고 있는지 궁금하지 않아요?"

"별로. 어차피 어딜 가든 나에겐 좋지 않을 텐데."

"로만으로 가고 있어요."

흠칫.

로만이란 말에 편안히 벽에 기댔던 비첼의 몸이 흠칫했다.

로만이라면 비첼의 고국.

자연히 반응할 수밖에 없었다.

"로만? 어째서 로만으로 가는 거지?"

"로만에는 백색의 방이 있으니까요."

"백색의 방……."

비첼이 침음을 머금었다.

"비첼. 그곳에 도착하기 전에 차라리 지금 말해요. 그 정체불명의 비기 말이에요."

"미안하지만 나도 모르는 일이야."

"……."

"애석한 일이지만 어쩔 수 없어. 만일 이걸 어떻게 배우는 것인지 알았으면, 진작 부흥군에 전달하지 않았을까. 그러면 제국의 기사들도 지리멸렬했을 텐데……."

"타고난 것이란 말인가요?"

"내 생각으론."

비첼의 태연한 대답에 나타샤는 입술을 깨물었다.

"후회하실 거예요. 백색의 방, 그곳은 아무리 탄탄한 철인이라 해도 버티지 못하는 곳이니까요."

"……."

"부디, 좋은 선택하시길 바래요. 어차피 당신은 로만인이잖아요? 로스트의 부흥을 위해 목숨마저 내놓을 이유가 있나요?"

나타샤는 비첼을 설득하고자 했다. 백색의 방에 들어간다고 한들 곧바로 원하는 말을 토해내리란 보장은 없다. 무슨 수를 써서라도 밝혀내야 하는 비기. 그러기 위해서 나타샤가 직접 나서서 설득하는 것이다.

하나 비첼의 입가엔 오히려 조소가 걸렸다.

"개소리."

"…네?"

"개소리야. 내가 로스트의 부흥을 위해 활동한다는 건."

"그러면……?"

"난 말이야. 제국이 싫어."

"……."

"제국이 정말로 싫다고, 증오하고, 혐오하고, 극도로 싫어
한단 말이야. 난 제국을 없애기 위해서, 빌어먹을 제국 병사
들을 다 죽여 버리기 위해서 움직이는 거야. 로스트가 부흥하
든 말든 상관없어. 그저 제국과 싸울 수만 있으면 난 악마와
도 손을 잡을 수도 있다. 알겠나? 쓰레기 같은 제국의 개?"

"……."

비첼의 신랄한 독설. 그리고 제국의 개라는 거침없는 비난
에도 나타샤는 아무런 말을 하지 못했다.

비첼의 입가에 걸린 조소.

그리고 말 한마디, 한마디에 담긴 처절한 독기와 소름끼치
는 살기.

마차 안은 숨이 막힐 듯했다.

*　　*　　*

로만에서도 가장 낙후된 지역이 바로 이곳, 코호몽이었다.

농사를 일굴 만한 땅이 없고 험악한 산지만으로 이루어진 곳이라 사람이 몇 살지 않았다. 그렇지만 화전민들 몇몇이 산간에 깊숙이 숨어들어 삶을 이어나가고 있었다.

이런 코호몽에는 제국 관리도 없을 것 같지만, 의외로 이곳엔 제법 직위가 높은 제국 관리가 있었다. 최소한 자작 직위를 받은 이들만 이곳에 부임할 수 있었는데 그것에는 충분한 이유가 있었다.

바로 이곳이 백색의 방이 위치한 장소였다.

"여기서부턴 걸어가야 합니다. 마차가 들어갈 수 없습니다."

로스트 지역에서부터 마차를 몰고 온 마부의 말에 비첼은 눈을 가린 채 양팔을 건장한 기사 둘에게 붙잡히고 밖으로 나왔다.

"흠. 산 속이군."

산에서만 맡을 수 있는 산뜻한 공기.

십년을 넘게 산에서 나무하고 사냥하며 지냈던 비첼이다.

그는 마차에서 내리자마자 이곳이 산 속임을 곧바로 알아차렸다. 산에서만 들을 수 있는 새들의 지저귐, 풀벌레들의 소리, 산뜻한 공기.

익숙한 환경.

마음 같아선 눈을 떠 주위를 둘러보고 싶었다. 그러나 애석하게도 비첼의 양팔을 단단히 붙잡은 기사 둘은 거침없이 비첼을 끌고 갔다.

얼마나 끌려갔을까.

어느 한 지점에 도착해서 비첼의 눈을 가렸던 안대가 풀렸다.

쏴아!

순간적으로 빛이 쏟아지자 비첼은 눈살을 찌푸렸다.

한 열흘 가까이 어둠에 익숙해진 눈이다. 갑작스럽게 쏟아지는 빛줄기는 눈을 고통스럽게 했다. 그러나 비첼은 침착하게 두 눈을 뜨고 빛에 익숙해졌다.

한참의 시간이 지나서야 비첼은 겨우 눈앞의 사물을 분간할 수 있었다.

동굴이었다.

커다란 동굴. 그 동굴 앞에는 범상치 않아 보이는 사내 두 명이 칼을 들고 서 있었다. 아무래도 경비를 서는 듯했는데, 경비병이라 여기기엔 풍기는 분위기가 기사에 가까웠다.

'기사 급에 달한 사내 두 명이 고작 경비만을 보는 곳이라. 역시 백색의 방인가?'

백색의 방.

그 처절한 악명은 로스트인보단 로만 사람들에게 더욱 잘 알려져 있었다.

로만 전쟁 초기, 제국은 포로수용소를 건설했다. 그곳에 갇힌 이들은 제법 직위가 높은 귀족이거나 기사, 지휘관들이었다.

제국은 이들에게서 전쟁에 필요한 정보를 캐내거나 또는 회유하기 위해서 특별히 고문 팀을 구성하곤 했다. 그러다가 포로들의 정신을 피폐하게 만들어 결국 두 손 두 발 다 들게 만들자는 취지가 나왔고, 그렇게 발전된 것이 바로 백색의 방이었다.

'백색, 때론 정말 무서운 색이지.'

그곳은 오로지 백색으로만 이루어진 곳.

사방이 백색으로 이루어진 벽만 있는 방에 들어가 아무것도 할 수가 없다면?

오로지 백색만 보이는 장소. 문도, 창문도 없는 벽. 그런 곳에서 사람이 미치지 않고 제정신을 유지할 수 있을까?

'절대 못하지.'

비첼은 고개를 저었다.

그도 자신이 없었다. 과연 미치지 않을 수 있을까.

백색의 벽으로 사방이 막힌 협소한 공간에 며칠을 버틸 수 있을까.

미치거나, 제국에 항복하거나, 귀화하거나.

그 처절한 악명은 지금까지 이어지고 있다. 로스트가 멸망한 이후에도 이곳에 갇혀나간 로스트의 애국지사들은 수도 없이 많았다.

특히 로스트의 지성이라 불리는 언트 헤밍도 그중 하나였다.

그는 이틀정도 갇혀 있다가 더 이상 버티지 못해 의지를 꺾은 변절자였다.

비첼도 그러한 사실을 저번 요트란에서 얻은 변절자 명단에 있는 걸 보고 알아차렸다.

로스트의 지성이라 하는 이가 고작 이틀을 버텼는데, 비첼은?

아무리 비첼이 독기만큼은 대단한 독종이라 해도, 백색의 방에서 얼마나 버틸 수가 있을까.

"이거 오랜만에 손님인데."

"저자요? 오늘부터 수용되는 놈이?"

경비병 둘이 건들거리며 다가왔다.

나타샤는 고개를 끄덕이며 비첼의 신병을 건넸다.

"흐흐흐. 이거 오랜만에 재밋거리 생겼군. 그 양반은 죽은 듯이 지내서 구경거리가 없단 말야."

경비 중 하나가 음침한 웃음을 내며 중얼거렸다.

'그 양반? 누가 갇혀 있단 말인가?'

그 말에서 비첼은 한 가지 사실을 유추해낼 수 있다.

현재 백색의 방에 누가 갇혀 있단 사실.

비첼의 머릿속에 순간 많은 생각이 스쳐갔다.

그런 비첼을 보며 또 다른 경비가 피식 조소를 지었다.

"괜히 머리 굴리지 말라고. 이곳을 탈출하려다 미쳐 버린 놈이 한둘이 아니야. 대단한 기사들도 여길 탈출 못한다 이 말이지."

쿡쿡.

경비병은 비첼의 가슴을 칼자루로 꾹 찔러댔다. 명백한 조롱이었지만 비첼의 표정은 한 점 변화가 없었다. 경비병의 얼굴이 천천히 굳어졌다.

"이 새끼 봐라……?"

"그만."

나타샤였다.

나타샤의 신분을 아는 경비병은 그녀가 제지하자 굳은 표정으로 한발 물러섰다.

"괜히 이상한 짓 하지 마. 어차피 백색의 방에 가둬두면 풀릴 일이야."

"으흠……."

"중요한 일이니, 관리 잘하도록."

"알겠습니다."

경비병들은 비록 파우띠나에 소속된 이들은 아니었지만

애초에 나타샤의 직급 자체가 높았고, 그녀의 가슴팍에 달려 있는 무수한 훈장들은 자연히 굴복할 수밖에 없게 만들었다.

"나중에 뵙죠, 비첼."

"······."

나타샤의 말은 마치 곧 만나게 될 것처럼 확신하는 듯했다.

비첼의 신병을 인도받은 경비병은 한 명이 앞서고, 한 명은 비첼의 뒤에 서서 길을 재촉했다.

비첼은 동굴 안으로 들어섰다.

'아······.'

동굴 안으로 들어서자 놀랍게도 밖에서 본 것과는 달리 넓은 공간이 펼쳐졌다.

경비병과 같은 차림새의 사내 다섯이 더 있었고, 그들은 하나같이 흥미로운 시선으로 비첼을 쳐다봤다.

"저놈은 며칠이나 버틸까?"

"글쎄. 하루라도 버티면 다행일 텐데."

"꼭 그렇지만은 않아. 파우띠나의 수장인 나타샤가 직접 나서서 잡아들였을 정도로 범상치 않은 놈이라고. 제법 의지가 쎈 놈일 테니··· 음, 한 삼 일은 버티겠네."

"삼 일? 언트 헤밍도 고작 이틀이었는데?"

"큭큭큭. 내기할까?"

"좋지."

비첼을 보며 내기까지 하는 그들은 비첼이 버티지 못할 거라고 확신을 하고 있었다.

지금까지 백색의 방에서 버텨낸 인물은 딱 한 명.

수십, 수백의 날고 긴다는 인물이 이곳을 다녀갔지만 버텨낸 사람은 단 한 명이다.

그만큼 백색의 방은 사람이 버틸 수 없는 환경이었다.

비첼은 지하로 통하는 계단으로 내려갔다.

내려가고, 또 내려가고.

조금의 불빛도 없는 어두컴컴한 계단을 얼마나 내려갔을까.

'대략… 5분을 내려올 정도.'

단지 계단을 내려가는 것만으로도 5분이 걸렸다.

비첼은 지금 도착한 장소가 상당히 지하 깊은 곳에 있음을 느꼈다.

"자, 여기라고."

드르륵!

경비 하나가 한쪽 벽에 다가가 문을 활짝 열었다.

고작 사람 하나 누울 수 있을 정도로 협소한 공간.

그곳은 사방이 벽으로 막혀 있었다. 소소한 창문 하나 없었다. 어떤 구멍조차 없었다.

그리고 완벽한 백색……!

뒤에서 쿡쿡 찔러대는 경비병 때문에 비첼은 할 수 없이 안으로 들어섰다.

"큭큭큭. 그럼 잘 지내보라고."

경비병의 비웃음이 마지막으로 들리고…….

드르륵, 쾅!

문이 거세게 닫혔다.

"하."

아무것도 없었다. 정말로 아무것도. 흔한 쥐구멍도 없고, 깨끗한 백색의 벽이 사방으로 막혀 있었다.

천장을 올려다봐도, 등 하나 걸려 있지 않았다.

그저 사방이 백색으로 막힌 이곳은 창살 없는 감옥이었다.

"후."

비첼은 숨을 들이켜며 자리에 앉았다.

숨이 저절로 턱턱 막혔다.

'힘들군.'

들어온 지 몇 분이 채 지나지도 않았건만 비첼의 표정은 눈에 띄게 굳어졌다.

곰곰이 생각했다.

'어째서지? 어째서 이리도 답답하고, 불안한 것이지?'

사방으로 막힌 벽.

구멍 하나 없는 장소. 너무나 깨끗한 백색.

철저하게 밀폐된 공간.

분명 일반인들이라면 도저히 버텨낼 수 없는 환경이지만 비첼은 아니다. 적어도 전쟁에서 굴러다닌 비첼의 정신력이라면 이렇게 불안해하지는 않으리라. 하나 불안한 감정이 불쑥 튀어나왔다.

그 이유는.

"소리가 없어. 아무 소리도."

아무 소리도 들리지 않았다.

철저한 무음(無音)의 공간!

아무런 소리도 없는 이곳은 그야말로 정적이 가라앉아 있었다. 천장에 쥐가 돌아다니는 소리라거나, 밖에서 나는 소음 같은 평소 들을 수 있는 소리가 하나도 없었다.

공간만 밀폐된 것이 아니라 소리마저 없는 상태.

비첼은 어째서 백색의 방이 그토록 악명을 떨치는지 깨달았다.

"미치겠군."

머리를 절레절레 흔드는 비첼.

과연 얼마나 버틸까?

로스트의 지성이라는 언트 헤밍도 고작 이틀을 버텼다. 비첼은 그 이상 버텨낼 자신이 사라지는 걸 느꼈다.

'아니, 정신 차리자.'

짝!

순간 마음이 약해지자 비첼은 스스로 뺨을 강하게 때렸다.

의지가 약해지면 정신이 무너진다. 정신이 무너지면 결국에 모든 걸 포기하게 된다. 그것이 저들이 의도하는 바일 터……! 그렇게 할 수는 없다.

비첼은 독하게 마음먹었다.

그러면서도 조금은 낙천적인 마음을 먹으려고 노력했다.

'휴식을 취한다고 생각하자. 그동안 너무 바빴으니까. 명상도 즐기고…….'

비첼은 눈을 감고 편안하게 생각했다.

그간 벌여온 행적들을 차분히 정리하면서, 이제 앞으로 어떻게 일을 진행시킬 것인가 계획을 세웠다.

명상에 잠기자 마음이 한층 편안해지고 뭔가 방향이 잡혀가기 시작했다.

'우선 버티자. 버틴 다음에 탈출할 방법을 찾아봐야 돼. 지금 당장 탈출하려고 조급하게 마음을 먹다간 스스로 무너지고 말거야.'

우선 그렇게 하려면 이곳에 적응해야 했다. 비첼은 감았던 눈을 떴다.

"……."

명상에서 눈을 뜨자마자 절로 가슴이 답답해졌다.

하나 별 수 없다.

숨이 막히는 공간이지만, 숨을 쉴 수 있다. 생각을 할 수 있다. 마음을 정리할 수가 있다.

최대한 긍정적으로, 낙천적으로 생각하며 비첼은 버텨내려고 애를 썼다.

그러나 백색의 방은 그런 비첼의 정신을 무너뜨릴 정도로 가공한 위력을 지녔다.

한 시간이 지났다.

비첼의 신색은 아직 편안했다.

네 시간이 지났다.

비첼의 얼굴에 점점 답답함이 어렸다.

열 시간이 지났다.

비첼의 몸이 잘게 떨렸다. 얼굴이 창백해졌다.

그리고 하루가 가까이 지났을 무렵.

퍽!

"큭!"

비첼의 입가에서 짧은 신음이 터졌다. 비첼은 떨리는 눈빛으로 자신의 주먹을 바라보았다.

벽을 향해 내질러진 주먹에선 살갗이 찢어져 피가 흘러내렸다. 피를 보자 비첼은 정신이 퍼뜩 드는 기분이었다.

부르르!

"젠장……."

욕이 저절로 튀어나왔다.

고작 하루, 어쩌면 짧은 시간이지만 여기선 억겁과 같이도 느껴졌다.

아무 소리도 들리지 않고, 모든 공간이 막힌 철저하게 밀폐된 백색의 방에 비첼도 질려 버리고 말았다

잠시나마 정신을 잃어 벽을 강하게 내리칠 정도였으니.

'침착하자, 비첼! 정신 차려라!'

스스로 최면을 걸 듯 주문을 외웠다.

이제, 겨우 하루가 지났을 뿐이다.

Chapter 06
위기를 기회로!

비밀의 방 경비병인 마르친이 맥주를 갖고 와서 그의 동료인 치르스키한테 말을 걸었다.

"어때, 그 자식?"

"제법 잘 버티는데. 이젠 끝물이야."

"호. 지금이 며칠 째지?"

"일주일."

"우와! 대단하네!"

마르친은 순수하게 감탄사를 터뜨렸다.

"일주일을 버티다니, 이거 정말 대단한데? 그놈, 이름이 뭐라고 했지?"

"비쳴. 부흥군이라는군."

"비쳴, 비쳴이라. 이거 난놈인데? 일주일을 버티다니 말이야."

"한 삼 일까진 도저히 가만있질 못하더군. 벽을 주먹으로 치고 발로 차고 어제까지만 해도 비명을 지르고 그랬는데, 이젠 다 끝나가는 것 같아."

"어떤데?"

치르스키는 턱을 긁으며 얘기했다.

"이젠 그저 누워서 눈만 감고 있어. 체념한 거지."

"얼마 못가서 항복하겠군."

마르친은 아쉽다는 듯한 어투로 얘기했다.

"뭐, 지켜보자고. 그래도 아직까진 버티는 거 보니까 며칠은 더 버틸 것 같단 말이야."

"큭큭. 기대되는데. 얼마나 더 버틸지. 자, 이제 교대하자고."

"그래. 난 이만 자야겠어. 어우, 찌뿌듯해."

치르스키가 자리에서 일어서며 기지기를 폈다. 마르친과 교대한 치르스키는 그대로 방에 들어갔다. 마르친은 맥주를 홀짝이며 눈앞의 수정구를 바라보았다.

바로 마법 수정구였다. 황금보다 더 가치 있고 비싸고 보기 힘들 정도로 희귀한 마법 수정구.

그 수정구 안에 비치는 장면은 눈을 감고 바닥에 널브러져 있는 비첼이었다.

$$* \qquad * \qquad *$$

시간이 갈수록 비첼은 초조해졌고 답답했다. 점점 미치는 것처럼 정신이 분열되는 느낌까지 들었다. 기분이 오락가락 하는, 평소의 비첼이라면 전혀 없을 심각한 감정 기복이 일어났다. 그것이 사흘째 되는 날까지 그러했다.

하나, 그 이후부터 비첼은 이상하게도 마음이 차분해졌다.

'감자. 차라리 보지 말자.'

비첼은 눈을 감았다.

그리고 다시는 눈을 뜨지 않았다.

차라리 어둠이 좋았다. 어둠 속에선 상상하는 것들이 자유자재로 펼쳐진다. 하나 눈을 뜨면 답답하기 짝이 없는 예의 그 개 같은 백색의 벽만이 보인다. 백색으로 막힌 공간을 보면 심장이 미친 듯이 뛴다. 차라리 벽을 보지 말고 눈을 감고 마음껏 상상을 그리기로 결심했다.

그러자 마음이 갈수록 차분해졌다.

아니, 오히려 자유로워졌다.

어둠 속에서 비첼은 상상하는 모든 것들을 펼쳐낼 수 있었다.

누군가와 싸우거나, 책을 읽거나, 또는 장엄한 풍경을 보거나.

어둠을 보면서 비첼의 정신은 오히려 자유로워졌다.

일주일이 지날 무렵에는 비첼은 본래의 정신 상태를 온전히 되찾을 수 있었다.

어둠속에서 상상하는 것들을 그리다가, 졸리면 잠들었다. 그리고 잠을 깨면 잠시 눈을 떴다가 곧바로 감아버리고 또 다른 생각과 상념에 빠진다.

그렇게 시간이 흘러가니 더 이상 정신분열은 일어나지 않았다.

덜컥.

그때였다.

난데없는 소리와 함께 문안으로 한 끼 식사가 들어왔다. 찐 감자 두어 개로 부족하기 짝이 없는 식단. 그제야 비첼은 눈을 떴다.

백색의 벽이 눈에 들어오자 심장이 옥죄듯 조여 왔지만 이내 차분하게 감자에 손을 댔다.

하루에 들어오는 한 끼.

'이게 여덟 번째인가.'

그것으로 비첼은 날짜를 계산했다. 해도, 달도 보이지 않는 이곳에서 시간의 흐름을 알아차리기란 요원한 일이다. 그러나 규칙적으로 들어오는 하루 한 끼의 식사로 비첼은 시간의 흐름을 짐작할 수 있었다.

'나쁘지 않아. 오히려 휴식을 갖는 것 같군.'

음식을 먹으면서도 눈을 감았다.

눈을 감은 그의 시야에는 평화로운 식사 풍경이 펼쳐졌다. 리바이벌에서 먹던 간단한 빵과 우유. 그리고 눈앞에는 노카일이 불평불만을 쏟아내며 빵을 우적우적 씹고 있다. 비첼의 입가에 슬쩍 미소가 맺혔다.

그는 백색의 방에 있지 않다.

비록 상상이나 비첼은 리바이벌에서 노카일과 편한 식사를 같이하고 있다.

마음이 편안했다.

오히려 휴가를 갖는 느낌이다.

그간 얼마나 바쁘게, 그리고 치열하게 살아왔던가. 북방에서 오함족을 포섭하고 북방 영지들을 점령하고… 곧바로 남부로 내려와 변절자 명단을 확보하고, 흩어진 부흥군을 모아 프랑크바크 수용소를 습격하고.

정말 치열하기 짝이 없는 시간들이었다.

이렇게 아무런 방해도 없이 식사를 하며 자유자재로 편안했을 때를 상상하자 휴식을 갖는 듯한 느낌이 들었다.

식사를 다하자 비첼은 식후 운동을 시작했다.

그의 눈앞에 장엄한 풍경이 그려졌다. 높게 세운 성벽, 성벽 위에 나부끼는 깃발들, 그 아래 오와 열을 맞추어 서 있는 장병들.

햇빛에 빛나는 날카로운 창칼.

카이로의 모습이었다.

그리고 그 사이로 찬란한 은빛의 갑옷을 착용한 기사가 오연한 모습을 드러냈다. 그의 기억 속에 남은 가장 기사다운 기사, 골드락 로겐이었다.

골드락은 미소 띤 얼굴로 천천히 다가와 검을 꺼냈다.

비첼도 화답하듯 브로드 액스를 꺼내들어 꽉 쥐었다.

그렇게 서로 둘은 한참이나 마주봤다. 긴장감이 온몸에 전해져 잠들었던 세포가 깨어나듯 활기차게 움직였다. 비첼의 몸이 흥분으로 조금씩 떨렸다. 당장에라도 싸움이 일어날 것 같은 그런 긴장된 상황!

선공은 골드락이었다.

골드락의 롱소드가 쭉 뻗어왔다.

홍!

날카로운 파공성. 그리고 살갗에 닿는 살기! 살기에 머리칼이 쭈뼛 서고 머릿속에서 위험을 알리는 경종이 울렸다. 하나 비첼은 롱소드를 끝까지 주시했다. 검끝을 끝까지 노려봤다. 검끝이 비첼의 목젖에 도달한 순간!

비첼의 신형이 꺼지듯 바닥으로 사라졌다.

'아!'

골드락이 입을 벌리며 탄성을 터뜨렸다.

비첼은 바닥에 구르면서 공격을 가뿐히 피해냈다. 그뿐만

이 아니었다. 도끼를 아래에서 위로 크게 들어 올렸다.

후웅!

'으음!'

골드락이 침음을 흘리며 급하게 뒤로 물러났다.

한번 물러나자 비첼은 망설임 없이 공격을 퍼부었다.

도끼로 찍고! 휘두르고! 베고!

쩽쩽쩽ㅡ!

롱소드와 도끼가 서로 얽혀 시끄러운 금속음을 마구 토했다. 어지러이 얽히는 공격 사이로 골드락의 검에서 찬란한 푸른빛이 솟구쳤다.

웅웅웅웅!

대기를 진동시키는 거센 공명음.

일시에 솟구친 푸른빛은 비첼의 도끼를 단숨에 쳐냈다. 그리고 곧바로 비첼의 머리를 향해 떨어지는 마나를 머금은 검! 마치 사신이 죽음의 심판을 내리듯 쏟아지는 공격에 비첼의 몸이 일시적으로 굳었다.

그러나 이내 비첼의 도끼에서 희미한 안개가 피어올랐고 비첼은 가뿐히 검을 막았다.

웅웅웅ㅡ!

마나를 집어삼키는 괴물 같았다.

도끼에서 발현된 비첼의 비기는 검에 솟구친 푸른 마나를 머금으며 더욱 안개가 피어올랐다. 그 듣도 보도 못한 괴사에 골드락의 얼굴엔 당혹감이 어렸다.

그런 골드락의 얼굴을 비첼이 주먹으로 가격했다.

'큭!'

골드락이 신음을 내뱉으며 뒤로 급히 물러섰다. 코가 깨졌는지 코피가 주룩 흘러나왔다.

골드락의 얼굴에 분노가 서서히 퍼져갔다.

그러자 기세가 바뀌었다. 지금까진 순수하게 대결을 펼치는 듯한 행동을 보이던 골드락의 검에서 살기가 피어올랐다. 마치 살기가 마나처럼 유형화되어 모습을 보이는 듯했다. 비첼의 온몸에 소름이 돋았다.

모골이 송연해지는 그 기분!

골드락의 검격이 쏟아졌다.

쩽— 째앵—!

마나도, 비첼의 비기도 없었다.

순수한 칼질, 아니, 도끼질!

그저 가진 바 무술 실력으로 부딪쳤다. 당연히 순수 무술로만 따지면 비첼이 골드락을 이기기는 힘들다. 체계적으로 무술을 익힌 골드락은 기사 중의 기사다. 하나 비첼은 체계적으로 배우지 못했다. 전쟁에서 익힌 그저 실전에만 사용할 수 있는 싸움. 결국 한계가 있다. 특히 골드락과 같은 정통 무술을 익힌 자에겐…….

'억!'

푸욱!

비첼이 비명을 내질렀다.

그의 가슴이 긴 자상이 새겨졌다.

그것으로 끝이었다.

"허억……."

비첼은 그제야 눈을 떴다.

그러자 카이로의 모습과 골드락은 사라지고 백색의 벽이 눈에 담겼다.

"후우, 또 졌군."

비첼은 씁쓸한 얼굴로 이마에 흐르는 땀을 훔쳤다.

아무리 이것저것 상상한다고 해도 무료함을 떨쳐낼 수 없었다. 그래서 비첼은 상상에서나마 대결을 펼쳤는데 그의 상대는 바로 골드락이었다.

어렸을 때의 기억 때문일까.

그의 머릿속에선 기사의 표본이라 하면 바로 골드락만이 남아 있었다.

골드락은 로스트에서도 손꼽히는 기사였고 강자였다.

그런 골드락을 떠올리니 저절로 싸우게 됐고, 지금까지 매일 골드락과 상상 속에서 싸워왔다. 그렇게 골드락과 대략 다섯 번을 상상 속에서 부딪쳤다.

그리고 결과는 5전 5패.

전패였다.

도저히 이길 수가 없었다. 지금까지 비첼은 두 손을 다 쓸 정도의 숫자만큼 기사들을 상대해왔다. 그들은 모두 비첼의 비기에 당황해 제대로 된 대응을 하지 못하고 비첼에게 패배했다. 그것 때문에 비첼은 자신의 실력에 자부심을 가졌다.

　하지만 골드락은 그렇지 않았다.

　비첼의 비기에 기사의 무력의 척도라 할 수 있는 마나가 막히자 철저하게 마나를 포기했다. 그리고 오로지 검술 실력만으로 비첼을 상대했다.

　'그것이 패착이야.'

　비첼은 다시 눈을 감고 생각했다.

　실력의 부족.

　변명의 여지는 없었다. 비첼의 무술 실력으로 수백 년간 내려온 기사 가문의 정수를 배운 골드락에게 이기기엔 턱없이 부족했다. 오로지 실력으로만 부딪치니 비첼이 골드락을 이기기란 요원한 일이다. 로무가 가르쳐준 조언인 비겁한 싸움, 그저 이길 수만 있는 싸움을 해도 골드락을 이기긴 어렵다.

　'다시, 다시 해보자.'

　그래도 처음보다는 나아졌다.

　처음엔 몇 번 부딪쳐보지도 못하고 졌다.

　갈수록 서로 겨루는 시간이 길어지고 있다. 실력이 조금씩이나마 늘어나고 있다는 얘기였다. 골드락의 공격 패턴이 비첼에게 점점 읽혀지고 있단 소리기도 했다.

비첼은 다시 눈을 감고 상상에 빠졌다.

그리고 치열한 전장을 배경으로, 골드락이 다시 나타났다.

*   *   *

"이상한데?"

치르스키는 입맛을 다시며 수정구를 바라보았다.

비첼이 백색의 방에 들어간 지 2주가 지났다. 처음 삼사일이 지났을 때 만해도 얼마 버티지 못하고 기진맥진해 나올 것처럼 보였다. 한데 놀랍게도 비첼은 지금까지 버티고 있었다.

"왜 그래?"

"다 포기하고 체념한 것 같은데도, 계속 버티고 있단 말이야?"

마르친은 침음을 흘렸다.

"지금 며칠이 지났지?"

"2주, 2주나 버티고 있어. 그것도 최근 1주는 아무것도 안 하고 꼼짝도 안하고, 그저 눈만 감고 있어. 그러다가 갑자기 눈을 번쩍 뜨며 거칠게 호흡을 몰아쉬거나 땀을 흘리고……"

"미쳐가는 게 확실한데?"

"그런가?"

"그래. 생각해 봐. 뜬금없이 거친 호흡을 토해내고 땀을 흘려? 점점 미쳐가는 거지. 버티고 버티는 거지만 무너지고 있는 거야."

"음……."

마르친의 낙천적인 말에 치르스키도 더 이상 말을 잇지 않았다. 그의 말이 꽤나 맞는 듯 여겨졌기 때문이다. 정상인 사람이 갑자기 혼자 무언가 중얼거리거나 거친 호흡을 내뱉는 일은 없다. 저건 정신이 분열되고 있다는 소리일 수 있다.

"그리고 우리가 뭐 어쩌겠냐. 지켜보자고."

"그래. 계속 지켜봐야지. 근데 좀 불안해."

"뭐가?"

"저러다가 저 자식도 그 양반처럼 되는 거 아냐?"

"……."

"그 양반도 저렇게 일주일, 이주일 버티다가 지금은 3년째야. 3년째 아무것도 안하고 눈만 감고 보내고 있다고. 마치 죽은 사람처럼."

마르친은 대답하지 못했다. 확실히 유사했다. 3년째 백색의 방에서 버티고 있는 그 사람처럼……. 그러나 마르친은 이내 말도 안 된다는 듯 고개를 저었다.

"에이. 말도 안 되는 소리야. 애초에 그 양반은 우리 같은 놈이 판단하기엔 너무나 거물이라고."

"그렇긴… 하지."

"그 유명한 자일론의 검사를 길러낸 절대무인이야. 그런 자의 정신력은 우리가 상상하는 것 그 이상! 아무리 저 자식이 대단하다고 한들, 그것에 미친다고 생각해?"

"음……."

치르스키는 고개를 저었다. 확실히 아니다. 비록 이주일이란 시간을 버티는 건 대단하지만, 그 양반을 따라갈 순 없다. 애초에 그 양반은 대단한 작자였으니까.

"좀만 더 지켜보자고."

"후우. 그러지."

치르스키는 불안한 기분을 떨쳐내며 수정구에 집중했다. 수정구 안에선 눈을 감고 식은땀을 줄줄 흘리는 비첼의 모습이 비쳐졌다.

＊　　　＊　　　＊

골드락의 검이 쭉 뻗어졌다.

찌르고, 베고, 휘두르고!

칼등으로 도끼를 쳐내고, 곧바로 반격하는 골드락의 무자비한 검격은 비첼의 몸에 무수히 많은 상처를 냈다. 그럼에도 비첼은 굴하지 않고 도끼를 휘둘렀다.

콰직, 콰득!

도끼가 검을 깨뜨리듯 거세게 휘둘러졌다. 하나 골드락은 유연한 손놀림으로 도끼를 가벼이 흘려내곤 다시 반격을 가했다. 서로 공격을 차례대로 하는 모습은 지겨울 정도로 계속 이어졌다.

얼핏 보면 호각을 다투는 싸움.

그러나 비첼의 몸엔 서서히 상처가 많아졌다. 결국 롱소드가 도끼를 쳐내는 순간.

훙훙훙! 콰직!

비첼은 손에서 무기를 놓칠 수밖에 없었다. 브로드 액스는 허공을 홀홀 날아가 바닥에 처박혔다. 무기를 잃은 순간 싸움은 졌다. 지금까지의 상상 전투에선 여기서 싸움이 끝났다. 그러나 이번엔 끝나지 않았다. 비첼의 의지로 계속 싸움이 이어졌다. 골드락의 얼굴엔 가소롭다는 듯한 표정이 비쳤다.

비첼은 두 주먹을 꽉 쥐고 달려들었다.

훙!

'큭!'

롱소드가 가슴을 훑고 지나갔다.

상처가 쩍 벌어져 피가 주룩 흘렀다. 하나 비첼은 달려가는 속도를 잃지 않고 골드락의 하단을 향해 거칠게 태클했다.

'음!'

골드락의 다리는 마치 오랫동안 바닥에 뿌리를 내린 나무처럼 단단했다. 꿈쩍 않았다. 오히려 분노한 듯, 골드락의 얼굴에선 살기가 강하게 피어올랐다. 골드락의 롱소드가 쭉 바닥을 향해 찔러졌다.

푹! 푸푸푹!

후루룩!

비첼은 바닥을 거칠게 구르면서 공격을 간신히 피했다.

'이번엔, 이번엔 어떻게든!'

지금까지 수십 번을 싸웠다.

그렇지만 단 한 번도 이기지 못했다. 그간 엄청난 성장을 해온 비첼이지만 아직도 골드락은 넘어서기 어려운 벽이었다. 이번만큼은 어떻게든 이겨야겠다고 굳게 결심했다. 평소라면 도끼를 놓친 순간 끝났어야 할 상상이 아직도 이어지고 있는 이유였다.

골드락의 검격이 마구 쏟아졌다.

비첼은 볼품없이 바닥을 구르면서 기회를 보았다.

그때였다.

골드락은 비첼을 크게 베어낼 생각인지 검을 순간적으로 거둬들였다. 아주 짧은 찰나의 시간. 그 틈을 놓치지 않고 비첼의 신형이 벼락처럼 움직였다.

'읍!'

골드락이 기겁한 신음을 터뜨렸다.

어느새 당도한 비첼이 골드락의 오른 손목을 잡고는 거침없이 비틀었다.

우드득!

손목뼈가 부러지는 소리와 동시에 골드락은 롱소드를 떨어뜨렸다.

골드락의 눈빛이 아연해졌다.

손목을 꺾은 비첼은 그대로 골드락의 명치에 머리를 들이박았다.

'억!'

숨이 막히는 듯, 답답한 소리!

골드락은 그 소리를 내며 뒤로 벌러덩 쓰러졌다. 그 위에 올라탄 비첼의 주먹이 사정없이 골드락의 얼굴을 가격했다.

퍽퍽퍽퍽!

코가 깨지고, 눈에 멍이 들고! 이빨이 나가고! 비첼의 주먹은 가차 없었다. 그간 도끼를 휘두르며 쌓아온 팔의 근력은 대단하다. 혼신의 힘을 다해 주먹을 휘두르니 잘생긴 골드락의 얼굴이 순식간에 망가졌다.

비첼은 쉬지도 않고 주먹을 휘둘렀다.

'이겼다, 이겼다!'

속에서 무언가 빵 하고 터지는 듯한 환희가 솟구쳤다.

아드레날린? 아니면 엔돌핀? 도저히 알 수 없는 무언가가 마구 솟구치며 온몸에 힘이 넘쳤다.

드디어, 수십 번의 싸움 만에 이긴 것이다!

비록 상상 속의 대결이지만 골드락은 골드락이었다. 로스트 최고의 기사 중 하나인 골드락을…….

'으아아아!'

그때였다.

골드락의 입에서 괴물과도 같은 절규가 쏟아지며 벌떡 자리에서 일어섰다. 비첼은 당황해 바닥을 굴렀다.

'마나!'

마나였다.

골드락의 주위로 푸른빛의 마나가 후광처럼 번졌다.

단숨에 비첼을 떨쳐낼 정도의 괴력!

바로 마나의 힘이었다. 비첼의 얼굴에 당황스런 기색이 스쳤다.

'후우, 젠장.'

짧은 욕설.

그리고 비첼은 자신의 주먹을 바라보았다. 온통 피칠을 한 주먹. 비첼은 입술을 깨물고 그만의 비기를 꺼냈다.

후우우우.

안개가 마치 비첼의 주먹에 머금은 것처럼 감췄다. 비첼은 주먹에 안개 같은 그 힘을 쥐고 용수철처럼 튀어나갔다. 골드락은 두 팔을 X자로 가슴을 보호했다.

비첼의 주먹이 골드락의 방어에 막히는 순간, 골드락의 발이 비첼의 허벅지를 때렸다.

'억!'

아프다!

고통스럽단 감정이 머릿속에 스쳤다.

상상 속의 전투지만 생생하다. 모든 고통과 감각이 일제히 깨어난다!

'다리를 가격해! 발목을 때리고 사타구니를 때려라!'

'……!'

그때였다.

귓가에 늙수그레한 노인네의 호통이 벼락처럼 울렸다.

비첼의 얼굴에 당황도 잠시, 그는 자기도 모르게 그 목소리가 시키는 대로 움직였다.

퍼퍼퍽!

비첼의 발이 골드락의 허벅지를 때렸다. 그리고 곧바로 종아리, 발목, 그리고 사타구니!

비첼의 연이은 공격이 골드락의 하단에 쏟아졌다. 골드락이 고통스러운 신음과 함께 몸을 비틀었다.

'지금이다. 명치를 찌르고 턱을 날려 버려!'

예의 그 늙은 목소리가 귀에서 울렸다.

비첼은 목소리의 정체가 무엇인지 생각도 못하고 그대로 따랐다. 마치 최면에 걸린 것처럼, 시키는 그대로 움직였다.

우선 명치!

푸욱!

'끅!'

고통에 겨운 골드락의 신음!

그 다음 턱!

비첼은 거침없이 골드락의 턱을 주먹으로 올려쳐 버렸다.

빠각!

턱뼈가 부서지는 끔찍한 소리에 이어 골드락은 초점 없는 눈동자로 그대로 뒤로 쓰러졌다.

쿠웅—!

'······.'

겨우 잠잠해진 골드락을 바라보며 비첼은 안도의 한숨을 내쉴 수 있었다.

"후우······."

그제야 비첼은 깊게 들이킨 숨을 내쉬며 눈을 떴다. 온몸엔 흘린 땀으로 푹 젖어 있었다. 지독한 땀 냄새가 독하게 풍겼다.

"이긴 건가."

비첼의 입가에 희미한 미소가 맺혔다.

49번이다.

2주 동안 49번을 골드락과 싸웠다. 그간 비첼은 눈을 감으면 바로 골드락과 싸웠다. 잠들지 않고 깨어난 그 순간에는 계속해서 골드락과 싸웠다. 그렇게 49번을 싸웠고, 48번을 패배한 다음, 49번째에 드디어 승리한 것이다.

그토록 강한 골드락을 상대로!

하지만……

퍼뜩!

"그 목소린 뭐였지?"

마지막에 비첼의 귓가에 울렸던 늙수그레한 노인네의 목소리.

그 목소리대로 움직이니 골드락은 별 다른 저항도 못하고 쓰러졌다. 그토록 강력해 보이기만 하던 골드락치곤 너무나 허무하게 무너졌다. 그것도 도끼날인 아닌 주먹으로.

"도대체 뭐였지? 전혀, 전혀 상상하지 못했던 목소리였는데……."

골드락과의 대결은 비첼의 상상이다. 눈을 감고 펼쳐지는 수많은 상상. 비첼이 의도한대로 만들어내는 상상 속의 대결이다. 한데 거기서 전혀 비첼이 상상하지 않았던, 생각지도 않았던 목소리가 들렸다. 그것도 싸움에 대한 적절한 조언을.

비첼의 몸이 잘게 떨렸다.

귀신이나 영적인 존재를 믿지 않는 비첼이다.

하나 이건 뭐란 말인가?

"정신분열이라도 겪는 건가?"

비첼의 얼굴이 참담하게 일그러졌다.

백색의 방에 익숙해지고, 오히려 자유로운 기분마저 느끼고 있다. 하지만 처음 백색의 방에 들어왔을 때 삼사 일 동안 느꼈던 정신분열이 다시 온 것인가? 그렇다면 심각했다. 비첼의 정신력이 아무리 대단하다고 한들, 정신이 분열되면…….

'예끼. 정신분열이라니! 웃기지도 않는 소리마라!'

흠칫!

"누, 누구!"

다시 한 번 귓가에 울리는 목소리!

비첼은 깜짝 놀랐다. 정말로 놀라 대경실색하고 말았다.

비첼은 분명 눈을 뜨고 있었다. 주위는 백색으로 이루어진 벽으로 사방이 막혀 있다. 더욱이 지금 아무런 상상도 펼치지 않고 있었다. 한데 귓가에 울리는 노인의 목소리는 무엇이란 말인가.

미친 것인가?

"내가 미친 건가?"

비첼이 심각한 표정으로 이마를 짚었다. 어떻게 여기까지 버텼는데 미치다니. 그런 말도 안 되는…….

'쯧쯧쯧. 젊은 놈이 왜 이리 정신을 못 차려?'

"……!"

다시 한 번 울리는 목소리.

비첼은 떨리는 목소리로 입을 열었다.

"누구십니까."

'누구긴. 네놈 선배다, 이놈아.'

"선배……?"

'그래, 이놈아. 네놈보다 삼 년은 먼저 이곳에 들어와 있었으니 선배가 아니면 무엇이겠느냐?'

"……."

비첼은 혼란스러웠다.

선배라니. 삼 년이나 먼저 들어와 있었다니. 도대체 어디에? 사방으로 막힌 이곳에서, 어디서 들려오는 목소리인가?

"아니, 들려오는 목소리가 아니다. 귀로 들리는 소리가 아니야. 머리에서 울리고 있어."

그때 비첼의 머릿속에 퍼뜩 지나가는 생각이 있었다.

'흐흐흐. 이거 오랜만에 재밋거리가 생겼군. 그 양반은 죽은 듯이 지내서 구경거리가 없단 말이야.'

이곳에 들어오기 전, 경비병이 중얼거리던 그 말. '그 양반'이란 소리에서 비첼은 이곳에 사람이 있음을 유추해냈다. 그렇다면 지금 머릿속에서 울리는 목소리의 주인은 그란 말인가?

"혹시 실례가 되지 않는다면, 존함을 알 수 있겠습니까?"

비첼은 공손한 어조로 물었다.

확실한 정체는 몰라도 가볍게 여길 수 없는 대단한 사람이리라.

세상에, 사람의 머릿속으로 말을 하다니. 마법사도 아니고 그것이 가능하다니. 비첼은 이것이 진실인지, 아니면 그가 만들어낸 상상에서 벗어나지 못한 것인지 헷갈렸지만 일단 부딪치기로 결심했다.

'으하하하. 존함이라니. 이미 잊혀 버린 뒷방 늙은이한테 존함이나 있겠느냐. 그래도 과거엔 로스트 제일무인이란 허명으로 불렸단다. 이놈아.'

"……!"

로스트 제일무인.

지금 그 말은 로스트 제일의 검, 자일론의 검사인 수메리안을 의미하지만 과거엔 달랐다.

바로 지금의 수메리안을 길러낸 그의 스승……

"존함이 싱그레이가 맞습니까?"

'흐흐. 오랜만에 듣는구나, 그 이름. 그래, 내가 싱그레이

라네.'

"……."

비첼은 순간 얼이 빠진 듯한 기분이 들었다.

그리고 한참 동안 침묵을 지켰다.

*　　*　　*

"그러니까, 싱그레이 님께서도 이곳에 갇히신 것이군요. 변절하라는 협박에."

'그렇지. 로스트가 멸망당한 후에, 나도 별 수 없었네. 늙어서 그런지 이렇게 붙잡혔다네. 허허허!'

"대단하십니다. 어떻게 이 지옥 같은 곳에서 삼년을 넘게 버티셨습니까?"

'자네는 이미 알고 있을 텐데.'

"…그러면 싱그레이 님도 상상으로?"

'그래. 여긴 제법 괜찮은 장소야. 마음껏 상상하고 꿈꿀 수 있거든. 비록 상상이지만, 그곳에서 배우고 익히고 단련할 수 있지. 자네가 그간 그러고 있지 않은가?'

싱그레이의 늙수그레한 음성에 비첼은 고개를 천천히 끄덕였다. 2주면 긴 시간은 아니지만 백색의 방에선 엄청난 시간이다.

비첼은 그 시간을 상상 속 전투로 보냈다. 백색의 방이라는 환경은 오로지 상상만 하게끔 만들었다.

상상 속 전투로 비첼은 단련됐다.

이미지 트레이닝이었다.

상상 속에서 어떤 경로로 공격하고, 어떻게 방어하고 어떤 방식으로 전투를 벌인 것인지…… 실제로 몸을 움직이지도 않고도 몸을 단련시키고 능력을 극대화할 수 있는 또 하나의 수련 방법을 해온 것이다.

굳이 의도해서 그런 것은 아니었다. 가만히 있으면 미쳐 버릴 것 같은 백색의 방에서 벗어나기 위해서 그랬다.

"그러면 3년 동안 그렇게 버티신 것입니까?"

'버텼다라… 글쎄. 버텼단 말보단 난 3년을 지낸 것이라고 말하고 싶네. 눈을 감으면 내 가족들과 아름다운 식사를 늘 할 수 있는데, 버티다니 무얼 버티겠는가. 허허!'

"…대단하십니다."

저 대단한 정신력이 백색의 방에서 3년을 버티게 한 원동력이리라. 아무리 상상만으로 이미지 트레이닝을 하거나 명상을 한다 해도 3년이란 시간은 결코 짧지 않다. 그 시간을 버티다니… 아니, 보내다니. 비첼은 순수하게 감탄을 터뜨렸다. 과연 로스트의 절대무인이라는 명성은 대단하구나 싶은 생각이 들었다.

"근데 어떻게 저하고 대화를 할 수 있는 겁니까? 저하고는 상당히 떨어져 있지 않나요?"

'자네하고 나 사이에는 총 열두 개의 벽이 있네.'

"열두 개나요?"

'그래, 느낄 수 있구만. 벽이 워낙 많아서 자네 목소리가 좀 희미한 감이 있지만, 다 들을 수 있지.'

"그게 가능합니까?"

비첼은 아연한 목소리를 냈다.

열두 개의 벽.

비첼이 보기엔 방음 상태가 완벽할 정도로 구성이 된 곳이다. 벽 하나만 해도 소리가 지나가기엔 어렵다. 한데 열두 개의 벽 너머의 소리를 듣는다고? 믿기 어려우나 사실이 그러하니 믿지 않을 수가 없다.

하기야, 마나를 자유자재로 다루는 기사는 청력을 비롯한 오감이 비정상적으로 발달된다는 소리는 들은 적이 있다.

그래서 기사란 존재가 더욱 강력해지는 것이고. 로스트 제일무인이란 평을 받았던 싱그레이였으니 그의 말도 무리는 아니리라.

"그러면 저에게 어떻게 말씀하시는 겁니까?"

'경지에 오르면 되네.'

"경지요? 경지에 오르면 마법처럼 사람 머릿속에 메시지를 그냥 들이박듯 할 수 있는 겁니까?"

비첼은 호기심 많은 소년처럼 물었다. 지금 이 순간 비첼은 마치 어린 시절로 돌아간 듯한 모습을 보였다. 그럴 수밖에 없는 이유가 있었다. 백색의 방이라는 철저하게 폐쇄되고 밀폐된 공간에서 대화를 나눌 이가 있으니, 아무리 냉정한 비첼이더라도 마음이 들뜰 수밖에 없었다.

'허허허. 들이박다니. 내가 하는 건 마법사의 메시지 마법과 비슷하면서도 다르네. 마법사들이 마법 주문을 외워 메시지를 전하지만, 난 순수한 마나를 진동시켜 파동을 전하지.'

"마나를 진동시킨다……."

'소리는 공기의 진동일세. 마나를 진동시켜 울리면 파동이 발생하네. 그러면 자네의 머릿속에 말을 하는 거야 어렵지 않지. 마나란 것은 영(靈)적인 것. 정신적인 것이니 소리로 들리는 게 아니라 머릿속으로, 메시지처럼 들리는 게야.'

이해하기 어려운 말이나 대략은 알아들을 수 있었다. 싱그레이의 경지가 워낙 높아 비첼이 이해하기엔 사실 무리가 있었다.

더욱이 비첼은 마나를 연공하는 기사가 아닌, 순수한 전사였을 뿐이니까.

마나에 대한 개념을 이해하기란 어렵다. 차라리 기사가 된 로만스터가 있었으면 좀 더 이해할 수 있었으리라.

"하여튼 대단하군요."

'허허허허. 그래, 나도 아직 안 죽었지?'

싱그레이는 마치 마음씨 좋은 할아버지처럼 웃었다. 그 자애로운 웃음에 비첼도 그간의 답답한 마음을 차분히 가라앉히고 미소 지을 수 있었다.

'오랜만에 사람을 만나니, 나도 기분이 들뜨는구먼. 생긴 거야 모르지만 그래도 뭐 사람답게 생겼겠지.'

"하하……."

'아, 그리고 너무 편안한 모습은 보이지 말게.'

"예?"

싱그레이가 하는 말의 의미를 몰라 비첼이 고개를 갸웃했다.

'사실 자넨 감시당하고 있어. 여기 들어온 사람들은 모두 감시당하고 있지. 자네가 편안한 모습을 하고 있으면 저쪽 사람들이 이상하게 여길 거야.'

"그렇군요……."

'뭐, 신경 쓰지 않아도 되는 일이지만, 괜히 관심 받는 건 안 좋겠지. 적당히 혼란스러워 하는 척하면서 시간을 보내게. 그렇게 시간을 보내다 보면 저쪽에서도 조급해질 거야.'

"원하는 걸 얻지 못하니까요."

비첼은 싱그레이가 뭘 말하는지 알아차렸다. 비첼 본인이 너무 편안한 모습을 보여주면 저쪽에서도 이상하게 여길 것이 분명했다.

그러면 무슨 수를 쓸지도 모르는 일이다. 일단은 여기서 적당히 미친 척, 혼란스러운 척 연기를 하면서 저들을 초조하게 만드는 일이 중요했다.

어차피 제국이 원하는 건 비첼의 비기!

그것을 얻기 위해 이곳에 가뒀는데 비첼이 시간만 끌다 보면 저쪽이 오히려 답답해지리라. 그러면 이곳을 나가서 고문을 취하거나 할 게 틀림없다.

그때가 비첼이 탈출할 수 있는 유일한 기회였다. 비첼의 눈이 날카롭게 빛났다.

대화를 나누다 보니 생각이 차분히 정리되고, 앞으로 어떻게 움직여야 되는지 마치 머릿속에 지도가 그려지는 듯한 기분이 들었다.

'내 3년 넘게 이곳에 갇혀 있다 보니 바깥세상 돌아가는 걸 모르겠네. 비록 자존심이 있어 제국에 굴복하진 않았지만… 로스트는 완전히 끝장났는가? 이곳에 온 걸 보아하니, 자네도 만만치 않은 반골(反骨)인 것 같은데.'

"전 부흥군입니다."

'부흥군… 하하하, 역시 그렇지. 로스트가 그리 쉽게 무너질 리가 없지.'

싱그레이는 기꺼운 듯 웃었다. 비첼은 그간 4년 동안 벌어진 바깥의 상황을 자세히 전했다.

수많은 이야기들이 흘러나갔다. 부흥군의 난립, 제국 총독

교체, 그리고 전쟁 준비 등……. 하나 북방 영지를 손아귀에 넣거나 한 일은 말하지 않았다. 감시하고 있는 측에서 목소리마저 들을 수 있을지는 모르나, 그쪽에서 알아차려선 안 되는 일들이었으니까.

그러다가 남부 부흥군의 해체와 변절자들에 관한 이야기가 튀어나왔다.

"남부 부흥군의 수장인 자일론의 검사, 그러니까 수메리안이 결국 변절하면… 아."

말을 주절주절 잇던 비첼은 순간 멈출 수밖에 없었다.

자일론의 검사, 수메리안.

그를 길러낸 이는 다름 아닌 지금 대화를 나누고 있는 싱그레이다. 스승 앞에서 제자를 욕하고 험담해야 하는 상황에 비첼은 난처한 기색을 표했다. 하나 싱그레이의 반응은 의외였다.

'뭐, 괜찮네. 그 아이라면… 로스트 왕가의 부흥을 결코 바라지 않을 테니까.'

"예? 그게 무슨……."

'애초에 그 아인 로스트를 부흥시킬 마음이 없었을 거야. 로스트가 멸망한 그 시점부터 제국의 편이 되었겠지. 그에겐 로스트 왕가란 철저한 원수였다네.'

"……."

지금까지 전혀 알려진 적 없는 비화가 싱그레이의 입에서 쏟아져 나오자 비첼은 조용히 귀를 기울였다.

사실은 이러했다.

수메리안은 원래 명망 높은 기사가문의 장남이었다.

평생을 로스트 왕가에 충성 받친 명예스런 기사인 아버지를 둔 수메리안은 그런 아버지를 자랑스러워했다.

한데 문제가 발생했다. 수메리안의 아버지는 워낙에 기사도를 중시하다 보니, 흔히 말해 정치 감각이 부족한 사람이었다.

로스트 왕국은 그간의 평화 때문에 기사들도 검만 잘 휘두르고 충성만 하면 되는 것이 아니게 되었다. 적당히 아부도 할 수 있고, 뇌물도 주고, 어느 정도 정치 감각을 가져야 수도에서 살아남을 수 있었다.

하나 수메리안의 아버지는 기사 중의 기사임을 자부하던 자.

결국 그런 모습이 귀족들에게 눈에 가시가 되어 탄핵을 받게 됐다. 귀족들의 탄핵에 국왕도 별수 없이 수메리안의 가문을 지켜주지 못해 자일론이라는 작은 마을이나 다름없는 곳에 유폐시킨 것이다.

그 사이 탐욕스런 귀족들은 수메리안 가문의 재산과 영지를 서로 갈기갈기 찢어갔고, 그렇게 명망 높았던 기사 가문이 몰락하게 되었다.

그때 이후로 수메리안은 로스트 왕가에 뼈아픈 반감과 적개심을 가지게 되었다.

"음… 흔한 이야기지만, 그래서 당연한 이야기군요."

흔한 이야기다.

주위가 더러운데, 그 안에서 깨끗한 이는 결국 따돌림을 당할 수밖에 없는 사회. 거기서 벌어진 전형적인 사건이다. 그만큼 흔하면서도 당연한 이야기.

"그러면 수메리안은 애초부터 부흥군을 조직한 일이 다 제국을 위해서군요. 미리부터 부흥군에 가담할 만한 중요 인사들을 모아, 단번에 쳐내기 위한…….."

'…면목 없네. 그 아일 가르친 건 나지만, 설마 조국을 버리는 행위까지 할 줄은 몰랐네.'

싱그레이의 목소리는 침울했다.

자신이 평생을 길러낸 제자가 조국을 버렸다는데, 무슨 말이 필요하겠는가. 비첼은 말없이 한숨을 내쉬었다. 수메리안의 상황이 이해가 간다. 가문이 몰락했는데, 뼈아픈 반감을 가지는 일은 당연하다.

한데… 조국을 배신하면서까지 그래서야 했을까.

글쎄, 잘 모르겠다. 비첼도 가족의 죽음 때문에 이리 분노하고, 제국과 맞서 싸우는 거니. 만일 비첼의 가족을 죽인 것이 로만 왕가였다면, 비첼은 제국의 편에서 로만 왕가와 싸웠을지도 모르겠단 생각이 들었다.

"이해가 안 되는 건 아닙니다. 하지만, 조국을 위해 지금도

죽어나가는 애국지사들에겐 정말로… 안타까운 이야기군
요."

'후우……'

싱그레이의 한숨이 오랫동안 멀리 퍼져 나갔다.

Chapter 07
싱그레이의 가르침

"비첼이… 파우띠나에 붙잡혔다고요?"

평소 차분하고 매사에 침착했던 유니아스는 없었다.

유니아스의 커다란 눈망울은 믿을 수 없다는 듯 사정없이 떨렸다. 가늘고 여린 목소리엔 약간의 물기가 담겨 있어 아련하게 느껴질 정도였다.

보고를 하던 로만스터의 얼굴도 그런 유니아스의 반응에 참담하게 일그러졌다.

자신도 설마 했다.

보고를 받은 로만스터도 설마 했다.

비첼이 남부 부흥군을 재건하는 와중에 파우띠나에 붙잡

히다니!

비첼에 대한 믿음과 신뢰는 리바이벌에선 가히 대단하다고 여겨질 정도다. 일반 민중들과 평범한 부흥군의 병사와 요원들은 유니아스에게 의지하지만, 사실 유니아스는 비첼에게 많이 의지해 왔다.

카이로때부터 이어온 인연, 그리고 모든 일을 처리함에 있어 실수를 하지 않던 비첼.

한데. 그런 비첼이 잡혔단 소식은 유니아스에게 있어선 충격에 가까운 일이다.

"믿을 수 없어요. 비첼이 그리 쉽게 잡힐 사람이 아닌데⋯⋯."

"애석하게도 사실입니다. 재건된 남부 부흥군에서 활약하고 있는 코아락이 전해준 사실입니다."

"아⋯⋯."

코아락이 거짓을 말할 이유는 없다.

그것도 비첼을 가지고.

유니아스는 하던 일을 멈추고 고개를 푹 숙이고 양손으로 이마를 받쳤다. 마치 좌절하는 듯한 그녀의 모습에 로만스터는 깊은 한숨을 내쉬었다.

얼마나 시간이 지났을까.

유니아스는 갑자기 무슨 생각이 들었는지 고개를 번쩍 들어 올렸다.

유니아스의 눈망울엔 작은 이슬이 맺혀 있었다.

"지금 리바이벌에 있는 요원들 중 추적에 능하고 발이 빠른 자들을 모아주세요. 어떻게든 비첼을 구해야 돼요. 죽진 않았을 거예요. 절대로……."

절실한 감정이 잔뜩 묻어나는 말이다.

로만스터는 더욱 깊은 한숨을 내쉬었다. 유니아스의 심정을 이해 못하는 바는 아니었다. 그러나 유니아스는 지금 북방 부흥군을 이끌어가는 리더였다. 결코 저런 모습을 보여줘서는 안됐다.

"유니아스 님의 마음을 이해 못하는 건 아닙니다. 하지만… 비첼을 추적하고 구해낼 수 있는 여력이 없습니다."

"아니에요. 여력이 없다니요……!"

"칼칼로를 비롯해 북방 영지를 관리하는 일에도 상당히 벅찬 상태입니다. 더구나 총독부에서 알아차리지 못하도록 철저하게 위장을 하느라 거의 사실상 모든 인력이 매달리고 있습니다. 또 오함족의 통일 전쟁은 아직 다 끝나지도 않았습니다. 거기에 저번에 비첼이 보고한 제국의 동향도 심상치 않잖습니까. 제국은 지금 전쟁 준비를 하고 있습니다. 우리도 거기에 맞추어 만반의 대비를 해야 합니다."

"그러면, 그러면 비첼을 포기하자는 말인가요?"

"제 뜻은 그런 의미가 아닙니다. 하지만… 지금 일의 우선 순위를 살펴보자는 것이죠."

"……."

유니아스는 입을 굳게 닫았다. 로만스터의 말은 옳았다. 지금 벌어지고 있는 일들만 해도 부흥군의 모든 역량을 총동원하고 있는 상황이다. 또 최근엔 남부 부흥군 재건에 도움을 주기 위해서도 움직이고 있다. 여기서 인원을 차출해 비첼을 추적하고 구해내기엔 너무나 인력이 부족했다.

또 상대는 파우띠나다.

제국 최악의 추적 집단, 파우띠나.

그런 파우띠나가 쉽사리 추적을 허용하지 않으리라.

어쩔 수 없다. 로만스터의 말은 냉혹하지만 지금으로선 당연한 선택이다.

철의 여인이라고까지 불리는 유니아스다. 그녀도 로만스터의 말을 이해하지 못하는 바는 아니었다.

그렇지만…….

"그렇지만, 그렇지만……."

꽉 쥔 작은 두 주먹이 부르르 떨린다.

의지할 수 있는 동료이자 4년을 함께 해온 친우가 위기에 처했음에도 구해내지 못하는 자신의 처지가 너무나 안타까웠다. 유니아스는 입술을 깨물고 눈을 질끈 감았다.

한참의 시간이 흐르고, 겨우 끓어오르는 감정이 진정되었을 무렵.

유니아스는 조금은 차분해진 얼굴로 입을 열었다.

"알겠어요. 로만스터 경의 뜻은 잘 알겠어요. 경의 말대로… 지금은 아니겠죠. 하지만 알아두세요. 비첼은 살아 있을 것이고, 우린 비첼을 구해야 합니다. 이건 정말 꼭 그래야만 해요. 힘이 부족해도, 역량이 부족해도 어떻게든 해야 돼요. 그러니 경은 지금 당장이 아니더라도 나중을 위해 어떻게 구해낼지 계획을 세워주세요. 부탁드려요."

"알겠습니다."

유니아스의 목소리는 평소와 달리 차가웠다. 그것을 느낀 로만스터는 별다른 말없이 고개를 숙이고 조용히 방을 나갔다. 혼자 남겨진 유니아스의 사무실에선 작은 흐느낌이 조용히 울렸다. 아주 조용히……

*   *   *

"노카일 님. 아니, 경비대장님! 지금 뭐하시는 겁니까?"

"염병할. 말리지 마."

"아니, 복귀한지 얼마나 되었다고 지금… 또 어딜 가시겠다고?"

칼칼로 영지 경비 부대장은 돌아온 지 얼마 안 돼 다시 짐을 싸는 노카일을 보며 가슴을 팡팡 쳤다. 비록 둘 다 부흥군으로서 제국군 경비대로 위장한 것이지만, 실제로는 눈코 뜰 새 없이 바쁘다. 철저한 위장을 위해 외부에서 들어오는 사람들을 감시하고, 또 밖으로 사람들이 빠져나가지 않게 하는 일까지. 거기에 종종 발생하는 사건 사고들…….

부대장은 대장의 자리에 있는 노카일이 제법 오랜 시간 자리를 비워서 몸이 두 개라도 부족할 정도로 바쁜 경험을 했다.

한데 갑자기 또 어딜 떠나려 하니, 답답하지 않으랴!

"왜 그러십니까, 노카일 님!"

"미안하지만 정말 급한 일이거든. 씨발! 가봐야 된다고. 더 막지 마. 빌어먹을 새끼야."

노카일의 거친 입담이 쏟아지자 부대장의 얼굴이 딱딱하게 굳었다.

그러자 노카일이 한숨을 내쉬며 겨우 차분한 목소리로 말했다.

"정말 미안하지만, 꼭 가야 할 일이 있어서 그렇다."

하나 부대장은 노카일을 쳐다보지 않고, 그 뒤를 보고 있었다.

"유니아스 님……."

"뭐?"

전혀 여기서 들을 수 없는 이름에 노카일이 화들짝 놀라 뒤를 돌아봤다. 과연 그곳에는 굳은 얼굴의 유니아스가 있었다.

"유니아스 님, 여긴 어쩐 일로……."

노카일과 유니아스는 자주 얼굴을 보는 사이까진 아니었

다. 리바이벌이 아닌 칼칼로에서 거의 시간을 보내왔던 노카일이었고, 지금까지 해온 일이 유니아스와 직접적으로 대면하는 일이 아니었기 때문이다. 하여 둘 사이는 어색한 기류가 감돌았다.

"노카일, 당신에게 부탁이 있어요."

"…부탁이요?"

노카일이 눈을 끔뻑거렸다. 유니아스의 얼굴은 무언가 단단히 결심한 듯한 표정이었다. 노카일은 난처한 얼굴로 그녀를 바라보았다.

"죄송합니다. 어떤 임무를 내리시든 당연히 하겠지만… 지금은 못 하겠습니다."

"……."

노카일의 목소리도 평소와 달리 무겁게 가라앉았다.

그도 지금 당장 해야만 할 일이 있다. 비록 명목상의 경비대장직이라지만, 그것도 던져 버리고 당장 뛰쳐나가려는 이유가 있었다.

'비첼, 이 개자식아…….'

왜 홀로 남겨두고 북방으로 도망치듯 왔을까.

그 녀석이라면, 충분히 잘 버텨내고, 이겨낼 수 있으리라고 생각했던 걸까. 그래서 안심하고 홀로 남겨두고 왔단 말인가. 비첼이 붙잡혔단 소식에 노카일은 죄책감에 시달렸다.

그래서 지금 노카일은 혈혈단신으로 비첼을 구하고자 마

음먹은 것이다. 이런 상황에서 아무리 유니아스의 명령이라 해도 임무를 수행하기 어렵다. 노카일은 항명을 해서라도 비첼을 구하기 위해 떠나려고 이미 단단히 마음먹었다. 하나 그런 노카일의 걱정은 우려에 불과했다.

"비첼을 찾아주세요."

"…유니아스 님."

"지금 부흥군의 사정상, 사람을 뽑아 비첼을 찾고 구해내기는 너무 힘들어요. 하지만, 이대로 있을 수는 없잖아요? 그러니 부탁드려요. 노카일, 당신이라면 비첼이 어떻게 생각하는지, 어떤 생각으로 움직이지는 조금이나마 예측할 수 있지 않나요?"

"……."

노카일은 입을 꾹 닫았다.

유니아스의 절실한 마음이 목소리에서 뚝뚝 묻어나왔다. 매사에 차분하고, 때로는 과감하고, 단호하게 모든 일을 처리하던 유니아스가 이토록 매달리듯 말하는 건 처음이었다.

이건 임무가 아니라 하나의 부탁이었다.

노카일은 고개를 숙였다.

"걱정하지 마십쇼. 그 새낀 제 손바닥 안에 있으니까요. 이 염병할 놈을 바로 찾아서 잡아오겠습니다."

"고마워요. 하지만, 아무런 지원을 해줄 수 없다는 거 정말 죄송해요. 사람을 더 붙여주고 싶지만 여력이……."

"괜찮습니다. 나 혼자면 충분해요. 걱정 붙들어 매시고, 유니아스 님께선 지금 하시는 일에만 집중해 주시면 됩니다."

"…고마워요."

가슴을 탕탕 두드리며 시원한 목소리로 호언장담하는 노카일.

그 목소리엔 어느 정도 허세와 허풍이 느껴졌지만 오히려 그것 때문에 더욱 안심이 되는 유니아스였다. 비첼과 친한 친우인 노카일이라면 분명 비첼을 찾아낼 수 있으리라.

"만일 비첼을 찾게 된다면, 바로 연락주세요. 그땐 어떻게든 사람을 뽑아 보내드릴 수 있도록 최선을 다할게요."

"예. 알겠습니다. 비첼 고 염병할 놈이 하여튼 간에 칠칠맞게 움직여서… 여러 사람 고생하네."

노카일은 괜히 투덜거리며 다시 짐을 쌌다. 더 이상 시간이 없다는 듯 빠르게 행동하는 노카일의 모습에, 유니아스는 고맙단 말을 한마디 남기고 자리를 떠났다.

노카일은 필요한 물품만 배낭에 챙겼다. 그리고 검을 꺼내 상태를 살폈다.

"염병. 대장간에 맡기려고 했는데……."

칼날은 이가 빠져 상당히 무뎌진 상태였다. 남부까지 내려가 한바탕 굴렀으니까. 보통 검 같은 병장기 경우엔 꾸준히 관리를 해줘야 한다. 하지만 관리를 안 한 지 오래였고, 리바이벌에 도착한 것도 얼마 되지 않고 워낙 바빠 대장간에 맡기는 일을 깜빡했다.

하나 별 수 없다.

노카일은 찡그린 얼굴로 검집에 검을 꽂아 넣고 밖으로 나갔다.

"조심히 다녀오십시오! 이번엔 제발 좀 꼭 빨리 오시고요!"

"알겠어. 걱정하지 말라고. 금방 끝낼 테니까. 염병할……."

부대장의 목소리를 뒤로하고 노카일은 밖으로 나왔다. 칠흑 같은 어둠이 가라앉은 밤하늘을 사이로 노카일의 걸음이 빨라졌다.

그때였다.

"노카일!"

"로만스터?"

노카일의 앞길을 막아선 이는 다름 아닌 로만스터였다.

"짐을 싸고 어딜 가나. 맡은 일은 해야지. 그렇지 않아도 치안유지도 힘들어서 사람이 모자란 지경인데… 경비대장 옷을 입었으면 그 역할을 다 해야 하지 않나."

로만스터는 노카일이 등에 맨 배낭을 흘깃 쳐다보곤 중얼거렸다. 노카일의 표정이 와락 일그러졌다. 마치 돌이라도 씹은 듯한 얼굴이었다.

"염병할 소리 지껄이지 마라. 나 하나 없다고 여기가 무너지는 것도 아니야. 중요한 일이니까 막지 마라."

낮게 그르렁거리는 듯한 목소리. 흡사 짐승의 울음소리와
도 같았다.

로만스터의 얼굴엔 아무런 표정변화가 없었다.

스르릉.

"미친. 한번 해보자는 거야?"

로만스터의 검집에서 검이 미끄러지듯 뽑혔다. 노카일의
얼굴은 딱딱하게 굳다 못해 분노가 서서히 퍼져 나갔다.

"시발. 그래. 막아보라고."

노카일도 급히 검을 꺼내 잡았다. 잔뜩 분노한 노카일과는
달리 로만스터는 아무런 변화가 없었다. 무심, 그 자체였다.

저벅저벅.

천천히 거리를 좁혀오는 로만스터.

꿀꺽.

노카일이 검을 꽉 쥐고 마른침을 삼켰다.

'하. 일이 이렇게 꼬이나.'

부딪치면 백이면 백 진다. 노카일이 기사나 다름없는 로만
스터를 이기기란 요원한 일이다. 그간 수련을 한다고 여러 번
대결을 해봐서 안다. 그러나 노카일은 물러설 생각 따윈 하지
않았다. 유니아스가 부탁했고, 또 비첼을 구하기로 굳게 마음
먹었다.

머릿속에 수많은 생각이 스치는 찰나의 순간.

그 순간에 로만스터는 점점 거리를 좁혀왔다. 그리고 약

2m 정도까지 가까이 다가왔을 때, 로만스터는 별안간 검을 역수로 쥐고 노카일에게 건넸다.

척!

"음?"

노카일은 무슨 의미인지 몰라 고개를 갸웃했다.

씩.

로만스터의 입꼬리가 씩 올라갔다.

"그렇게 낡은 검 갖고 어찌 싸우나. 들고 가."

노카일의 몸이 잘게 떨렸다.

"…새끼."

"마음 같아선 나도 뛰어나가고 싶다. 비첼이 그간 부흥군을 위해 세운 공들은 나 역시 다 알고 있어. 그렇지만, 상황이 여의치가 않아. 제국은 전쟁을 준비 중이고, 우린 여기를 철저히 숨겨야 해. 거기에 남부 부흥군을 재건하고… 빌어먹을 제국의 개가 되어버린 변절자들을 제거해야 되지. 이해… 해주겠나?"

"물론."

노카일은 별말 없이 로만스터의 검을 받아들었다. 기사가 자신의 목숨과도 같은 검을 건넨다는 것은 작게는 항복의 의미, 또는 마음과 목숨을 전해준다는 의미이기도 했다. 즉 로만스터는 비록 노카일을 따라 비첼을 구하려 가지는 못하지만 마음만큼은 같을 거라고 말하는 뜻이었다.

노카일은 그런 로만스터의 심정을 이해했다. 유니아스와 함께 부흥군을 이끌어가야 하는 리더의 위치에 있는 로만스터. 그의 심정을 충분히 이해했다.

"걱정하지 말라고. 그 자식, 독종이야. 지금 제국 놈들이 오히려 어찌해야 할지 갈피를 못 잡아서 골치 좀 아플걸? 갔다 올게."

"그래. 몸조심해라, 노카일."

"수고해, 로만스터."

노카일이 혈혈단신으로 리바이벌을 떠났을 무렵.

비첼이 백색의 방에 갇힌 지 일주일이 지났을 때였다.

         *   *   *

덜컹.

'24일째…….'

문 밑 작은 구멍이 열리면서 들어온 식사에 비첼은 오늘이 24일이 지난 시간임을 알았다.

그동안 비첼의 신체엔 많은 변화가 있었다. 머리와 수염을 관리하지 않아 마치 코아락처럼 털보 같이 털이 수더분했다. 또 제대로 된 식사를 하지 못해 살도 많이 빠지고, 근육도 많이 줄어 체격 자체가 왜소해져 버렸다.

그러나.

번쩍.

감았던 두 눈이 떠지는 순간, 터져 나오는 눈빛만큼은 빛을 잃지 않았다.

"드디어 제대로 이겼군."

비첼의 입가에 희미한 미소가 맺혔다.

78번째 골드락과의 싸움.

49번째에서 골드락을 이겼을 때 비첼은 순수한 자신의 힘만으로 이긴 것이 아니었다.

싱그레이의 조언이 결정적인 역할을 했었다.

또 무기를 잃고 맨주먹으로만 싸워 이긴 것이기 때문에 마음 한구석이 찝찝했다.

그래서 그날 이후 계속 상상 대결, 즉 이미지 트레이닝을 해왔다. 비첼 본인이 만족할 때까지 싸우고, 또 싸웠다. 그리고 오늘, 78번째 싸움에서 비첼이 만족할 정도의 승리를 거둘 수 있었다.

제대로 된 승리였다.

순수한 무술 실력만으로 골드락을 이겼다. 비첼은 가슴 깊은 곳에서부터 솟구치는 환희에 절로 몸을 떨었다.

'허허허! 드디어 이겼느냐?'

그런 비첼의 모습을 멀리서나마 느낀 것일까.

비첼의 귓가에 싱그레이의 목소리가 잔잔히 울렸다.

"예, 어르신."

'그동안 헛배운 건 아니구나.'

"그럼요. 누가 가르쳐 주셨는데."

비첼이 희미하게 웃으며 농담조로 중얼거렸다. 사실 상상 대결이라지만 비첼이 골드락을 이기기란 요원한 일이다.

애초에 골드락은 수백 년 간 가문에 전해진 비전으로 평생을 수련한 사람이다. 그에 반해 비첼은 전장에서 무술을 터득했다. 비첼로서는 한계가 명확했다. 그래서 초반에 수십 번의 싸움에서 무참하게 패배하지 않았던가.

그런 비첼이 지금 이미지 트레이닝에서 골드락을 정정당당하게 이길 수 있었던 이유에는 바로 싱그레이에게 있었다.

3년 동안 홀로 백색의 방에서 지내면서 사람을 그리워했던 싱그레이는 비첼에게 아낌없는 가르침을 줬다.

물론 싱그레이만이 가지고 있는 비전(秘傳)은 가르쳐 주지 않았다. 단지 비첼의 무술을 체계적으로 잡아주고 길과 방향을 제시해 주는 일만 했을 뿐이다.

하나 그것만으로도 비첼의 실력은 급격하게 늘었다.

싱그레이의 주무기는 검이라서 도끼를 쓰는 비첼과 맞지 않을지도 모르지만, 애초에 싱그레이는 검뿐만 아니라 모든 병장기를 능숙하게 다룰 줄 알았다.

그래서 수메리안을 로스트 제일의 검이라 부르는 것과는 달리 싱그레이는 로스트의 절대무인이라 불렸던 것이다.

그런 싱그레이의 가르침은 한계가 명확했던 비첼에게 한 줄기 광명과 같았다.

가르침은 서로 말싸움하는 식으로 진행됐다.

여기서 말하는 '말싸움'은 단순한 언쟁이 아니었다. 서로 열두 개의 벽을 두고 떨어져 있는 상황에서 싱그레이가 가르침을 전할 수 있는 방법은 극히 제한적이다.

바로 '말' 밖에 없는 것이다. 비첼이 말로 어떻게, 어떤 방향으로 무기를 휘두르는지 말로 하면 싱그레이는 그것을 또 말로 어떻게 막아내고 반격하는가 풀이해내는 것이다.

이런 식으로 말을 주고받으면 비첼의 머릿속엔 싱그레이가 알려주는 전투 방식이 고스란히 머리에 새겨진다.

비첼은 이걸 이미지 트레이닝에서 곧바로 써먹어 자기의 것으로 만든다.

또, 트레이닝이 끝나고 싱그레이에게 이미지 트레이닝에서 있었던 대결의 흐름을 복기한다. 그러면 싱그레이는 잘못된 점, 고칠 점 등등을 지적해 주고 최상의 방향으로 이야기를 만들어주는데 비첼에게 있어선 이건 엄청난 보물과도 같은 가치를 가졌다.

무엇보다 싱그레이의 가르침으로 인해 이미지 트레이닝의 단점을 보완할 수 있게 됐다.

이미지 트레이닝은 비첼만의 상상이다.

지금껏 봤었던, 그리고 한번 부딪쳤던 골드락의 무술 실력.

그리고 그의 과감하고 때론 단호하면서도 차분한 성격을 바탕으로 상상 속에서 대결을 하는 것이다.

이미지 트레이닝은 이처럼 사방이 막힌, 폐쇄된 환경에선 더욱 효과를 발휘하는 수련이지만 분명 단점이 있다.

바로 오로지 상상에만 의존한다는 점!

생각만으로 몸이 그대로 따라준다고 단언할 수 있는가?

전혀 아니다.

비첼의 상상 속에서는 원활하게, 매끄럽게 이루어지는 공격들도 실제 상황에서는 절대적으로 불가능한 일이 많다. 예를 들어 비첼이 골드락의 뒷목을 향해 휘둘렀다가 빠른 속도로 매끄럽게 골드락의 허리, 허벅지, 종아리, 발목을 연이어 공격한다.

상상 속에서는 오로지 비첼의 생각이기에 가능하다.

하나 현실에선 불가능할 수밖에 없다.

그때의 컨디션, 기온, 몸 상태, 또 수많은 물리학적 법칙 때문에 상상 속처럼 이루어질 순 없다.

이것이 이미지 트레이닝의 큰 결점이었다.

하나 비첼이 트레이닝 결과를 복기하면서 말해줄 때, 싱그레이는 이러한 점을 지적했다.

싱그레이의 지적을 머릿속에 넣고 꾸준히 생각하고 분석하면서 비첼의 이미지 트레이닝은 허황된 상상이 아니라 점점 현실과 유사한 세계가 되어갔다.

그만큼 수련 효과는 걷잡을 수 없을 정도로 커졌다.

'과연, 스승이란 존재가 이 정도란 말인가?'

카이로 때부터 지금까지 익혀왔던 무술.

그저 무조건 부딪치고 싸우면서 전쟁터에서 무술을 터득한 비첼은 자신의 실력에 어느 정도 자부심이 있었다. 하나 싱그레이의 가르침은 그런 비첼의 자부심을 여지없이 깨부쉈고, 진일보할 수 있는 발판을 마련해줬다.

비첼은 속으로 싱그레이를 스승처럼 여기기 시작했다.

명사(名師)의 가르침이란 것은 엄청나다. 특히나 싱그레이는 보통 명사가 아니다.

로스트 제일무인이라는 거창한 별칭으로 불리는 뛰어난 무인이다. 싱그레이가 일일이 동작을 잡아주고, 지적해 주고 보완할 구석을 알려주는데 어찌 실력이 늘지 않겠는가?

'그래. 한번 오늘 있었던 트레이닝을 펼쳐보게나.'

"알겠습니다. 우선, 선공은 골드락이었습니다. 먼저 롱소드를 횡으로 베어왔는데…….'

그날도, 싱그레이의 가르침으로 하루가 지나가고 있었다.

*　　　*　　　*

"미치겠군. 누구랑 대화하는 거야?"

마르친은 수정구에 비치는 비첼의 모습을 보면서 이마를

짚었다. 매일같이 혼자 눈을 감고 식은땀을 흘리고 고통스런 표정을 짓다가, 또 눈을 뜨면 중얼거린다. 마치 누구랑 대화하는 것처럼.

"미쳐 버린 것 같지?"

"으음. 그런 것 같긴 한데… 완전히 미친 것보단 정신분열중이 아닐까."

치르스키가 눈을 가늘게 떴다. 치르스키는 눈썰미가 굉장히 좋은 사람이었다. 분명 비첼의 행동은 정상으로 보기에는 문제가 있지만, 완전히 미쳐 보이지는 않았다.

"내가 보기에 그냥 미쳤는데?"

"아냐. 눈빛을 보라고."

"눈빛?"

마르친이 고개를 갸웃했다.

"눈빛이 탁하지가 않잖아."

"그게 뭐 어때서?"

"인마. 단지 마약을 하는 놈들도 눈이 풀리고 탁해. 완전히 맛탱이가 간 것이 보인다고. 근데 저놈의 눈빛은 맑아. 너무나, 또 때론 그 시퍼런 독기가 뚝뚝 흘러내린다고. 저게 미친 사람처럼 보여?"

"그럼 뭐야. 백색의 방에서 수십 일이 넘게 제정신을 유지하고 있다고? 말이 돼?"

"……."

"저긴 하루 이틀도 버티기 어려운 곳이야. 미치지 않고선, 모든 걸 다 놓지 않고선 버틸 수 없어."

"근데 버티고 있잖아, 그것도 확실히. 식사도 꼬박꼬박 하면서. 난 너무 이상해. 혼란스러운 척, 두려운 척 짓는 표정들도 다 인위적인 것처럼 보인단 말야."

수상하다는 듯 턱을 쓰다듬는 치르스키.

만일 비첼이 이들의 대화를 들었으면 식은땀을 흘릴 정도로 날카로운 눈썰미였다.

마르친은 말도 안 된다는 듯 헛웃음을 터뜨렸다.

"푸하! 그럼 저놈이 미친 것처럼 연기하고 있단 말이야?"

"……."

치르스키는 대답하지 못했다. 절대 그럴 수 없다.

백색의 방이라는 백색의, 또 아무런 소리도 들릴 수 없는 무음의 방에서 미치지 않고, 오히려 미친 것처럼 연기를 하고 위장을 한다?

절대 그럴 수 없다. 그러나… 치르스키는 그렇다고 단언하기가 어려웠다.

"요즘 신경이 많이 예민한 것 같은데, 그건 절대 아니야. 싱그레이 그 양반처럼 아예 세상을 초탈한 것처럼 있는 것도 아니고. 차라리 싱그레이 같이 모든 걸 해탈한 듯한 모습으로 있으면 이해하는 할 수 있겠어. 근데 역으로 미친 것처럼 위장한다는 건 절대 말이 안 돼. 그런 내용은 보고하지 말라고."

"…알겠다."

"피곤한 것 같으니, 들어가서 눈 좀 붙여. 내가 감시할 테니까."

마르친은 되도 않는 말을 하는 치르스키를 들여보내고 수정구 앞에 앉았다.

"말도 안 되는 소리……. 어떻게 미친 것처럼 연기를 한단 말이야? 그럼 애초에 백색의 방이라는 환경에 전혀 영향 받지 않는다는 거잖아. 사람인 이상 공포를 느낄 수밖에 없는… 음?"

우뚝!

고개를 설레설레 저으며 투덜대던 마르친은 우뚝 멈춰 섰다.

"뭐… 야?"

그의 눈동자가 수정구에서 고정되었다. 마르친의 시선은 수정구 안의 비첼에게 향했다.

"날… 보고 있어?"

놀랍게도 비첼은 수정구를 정확히 바라보고 있었다. 마치 수정구라는 매개체를 뚫고 마르친을 매섭게 노려보는 듯했다.

부르르!

마르친의 몸이 오한으로 부르르 떨렸다. 머리를 관통하는 한줄기 뇌전에 감전된 듯한 기분이었다.

"아니, 아니야. 어떻게? 그냥 우연찮게 여길 본거겠지!"

마르친은 고개를 황급히 내저으며 중얼거렸다.

하나 비첼은 그 순간까지도 정확히 수정구를 노려보고 있었다.

마치 수정구 바깥의 모든 상황을 다 보고 있다는 듯한 눈빛, 얼굴, 표정, 그리고… 미소.

'훗'

"……!"

마치 다 알고 있다는 듯한 웃음.

마르친은 벼락을 맞은 듯, 한동안 움직이지 못했다.

＊　　　＊　　　＊

'보인다.'

보였다.

비첼은 한쪽 구석을 바라보다가 이내 시선을 거두었다.

'마나의 흐름이.'

흐름이라기보다 파동이 보였다.

전혀 유형화되지 않은, 보이지 않은 마나의 파동이 이 백색의 방에 잔잔하게 울리고 있었다. 비첼은 이제 그것을 약하게나마 느낄 수 있고, 또 볼 수 있었다.

'정말로 지켜보고 있었군.'

아마 이건 마법.

그러니까 마법 수정구이리라. 비첼의 일거수일투족을 감시하는 보이지 않는 눈.

하나 이제 비첼의 시야에는 정확히 보였다.

마나의 파동은 마치 고요한 물에 작은 돌을 던지면 파문이 일어나 동심원이 퍼져나가는 것처럼 보였다. 비첼은 기사가 아님에도, 또 마법사가 아님에도 마나에 민감해졌다.

이것 역시 싱그레이의 도움 덕분이었다.

그러나 싱그레이가 의도해서 비첼에게 전해준 능력은 아니었다. 비첼 본인도 모르게 저절로 마나에 민감해져 버렸는데, 그건 바로 하루같이 비첼의 머릿속에 울려대는 싱그레이의 목소리에 있었다.

싱그레이의 목소리는 마나의 파동.

대기의 진동이 아닌 오로지 마나의 파동으로만 전해지는 하나의 영적인 메시지.

그것을 매일같이 듣고, 대화하고, 토론하면서 비첼은 저절로 마나에 대해 민감해지고 예민해졌다. 그것이 종국에는 마나의 흐름을, 그리고 마나의 파동을 조금이나마 엿볼 수 있는 능력을 갖게 된 것이다.

비첼은 이것을 싱그레이에게 털어놨다.

'흠. 그런 일이 없는 것도 아니지.'

"그렇습니까?"

'내가 수도에서 출사해서 나라의 녹을 먹고 있을 때, 궁중 마법사의 시종이란 녀석이 그런 경우였네. 매일 마법사 곁에 붙어 있다 보니 아무런 재능이 없는 평범한 아이였는데, 마나에 민감해지더니 마나의 파동을 제대로 느끼게 되었지. 뭐 그렇지만… 재능이 없어 마법사가 될 수도, 그렇다고 기사도 될 수도 없었지만 마나를 볼 수 있다는 것만으로도 제법 큰 재주지. 특히 자네 같이 자주 싸움을 하게 될 이에겐 꽤나 유용하겠군. 기사의 공격을 좀 더 확연히 예측하거나 할 수 있을 테니까.'

"음, 그렇군요."

'한번 계속 연습해 보게. 마나를 좀 더 민감하게 느껴보려는 노력을 해보도록. 혹시 아나? 마나에 대한 재능이 깨어날지.'

"글쎄요. 하하……."

비첼은 쓰게 웃었다.

마나에 대한 재능, 즉 혈통을 타고 나야 한다. 하나 비첼은 평범한 나무꾼의 자식. 그가 마나의 혈통을 타고날 수 있는 확률은 희박했다. 그는 싱그레이의 말을 웃어 넘겼다.

'그건 그렇고, 언제 탈출할 생각인가?

"음… 이젠 곧 준비해야 할 것 같습니다."

비첼이 작은 목소리로 중얼거렸다.

사실 비첼은 결코 백색의 방에 오래 머무를 생각을 하지 않았다. 싱그레이의 가르침과 이미지 트레이닝으로 비첼은 상당한 발전을 이루었지만, 나중에는 결국 정체될 것이 분명했다.

아무리 이미지 트레이닝이 효과가 탁월해도 결국 몸을 움직이고 근육을 사용하지 않는 한 무리가 따른다.

특히 비첼의 몸 상태는 영 좋지 않았다.

매일 고작 찐 감자 두 개로만 식사를 한다.

살이 빠지고 근육이 줄어들어서 몸에 체력이 부족하단 생각이 요즘 많이 드는 비첼이었다.

이대로 있다간 체력이 너무 약해져 탈출하고 싶어도 하지 못할 수도 있다.

그렇다고 운동을 하기엔 감시를 하는 시선이 너무나 마음에 걸린다. 멀쩡하다 못해 운동을 하는 모습을 보이면 저들이 어떤 마음을 먹을지 예측할 수 없었다.

'그렇군. 이거 아쉽게 됐네.'

"싱그레이 님도 이번에 같이 탈출하시지요."

'아니, 난 이미 늦었네. 내 목숨도 얼마 남지 않았고, 너무 늙었어. 이젠 사실 닭목도 비틀 힘이 없는 노인네야. 허허허. 오히려 자네를 방해하기만 할 걸세……'

싱그레이의 목소리엔 평소와 달리 힘이 없었다.

이미 이곳에 들어올 때 싱그레이의 나이는 여든이 넘어

갔다.

아무리 경지를 뛰어넘은 무인이더라도 의학이 발달되지 않은 이곳에서 장수한다는 일은 힘들다.

이미 여든의 나이를 넘은 일은 사실 천수를 누리다 못해 넘치게 누린 일이었다. 평민들은 고작 50대에 대부분 죽어나가는 이들이 많았으니까.

'사실 몸에 근육이 없어서 일어서지도 못하고 걷지도 못하네. 힘든 일이야.'

"……."

'내 생각은 하지 말고 자네 일이나 하게. 로스트의 부흥을 위해… 움직인다고 했지?'

"그렇습니다. 전 계속해서 제국과 싸울 운명인가 봅니다."

비첼이 쓰게 웃었다.

본인이 느끼기에도 평생을 제국과 싸울 것 같았다. 제국의 거대한 성이 무너지기 전까지, 비첼은 투쟁을 멈출 생각 따위 하지 않았다.

'나도 한때 로스트의 관직을 맡았던 몸. 부디 로스트가 부흥을 이루면 좋겠네. 그래서 내가 아직까지도 제국에 굴복하지 않는 이유기도 하고. 부디, 뜻하는 바를 이루길 바라네.'

"……."

'그리고 혹여나 그 아일 만난다면……'

"그 아이요?"

비첼은 누구를 말하는지 몰라 고개를 갸웃했다가 이내 '아' 하고 탄성을 터뜨렸다.

'수메리안, 그놈 말이야. 내 하나뿐인 제자였지만 그 녀석이 선택한 길이니 내가 뭐라 할 순 없다만… 자네와는 완전한 적이겠군.'

"음……."

'나와의 인연을 생각한다고 괜히 갈팡질팡하지 말게. 가문의 원한 때문에 조국까지 버린 심성을 보면, 내가 잘못 가르친 게지.'

"알겠습니다."

분위기가 푹 가라앉았다. 비첼도 이제 슬슬 이곳을 탈출하기로 마음을 먹었다.

벌써 한 달을 넘어 훌쩍 두 달이 되어가는 시점이다.

더 이상 백색의 방에 머무를 순 없다.

남부의 변절자들을 제거해야 하고, 남부 부흥군의 재건을 도와야 한다.

특히나 가장 심각한 문제는 제국의 전쟁 준비였다. 한시라도 빨리 이에 관한 대비를 논해야 했다.

'그럼 부디, 흔들림 없이 가고자 하는 길을 가게나.'

그때, 싱그레이의 목소리가 울리며 비첼은 더욱 굳게 마음먹었다.

Chapter 08
탈출하라! 백색의 방!

'오늘!'

비첼은 오늘 탈출하기로 굳게 결심했다. 어제 싱그레이에
게 마지막 가르침을 받고, 작별 인사를 미리 했다. 어쩌면 다
시는 만나지 못할, 얼굴도 못 본 사람이지만 이미 비첼의 마
음속에선 싱그레이는 스승으로 자리 잡았다. 비록 싱그레이
만의 비전(秘傳)은 얻지 못했지만 그간의 가르침만으로도 비
첼은 만족했고 고마워했다.

'89일.'

어제 먹은 식사가 89번째였다.

오늘로서 백색의 방에 들어온 지 90일의 시간이 흐른 것

이다.

그동안 비첼은 코아락보다 털이 더부룩해 얼굴이 제대로 드러나지 않아 나이를 알기도 힘들어 보였다. 그간 제대로 된 식사와 운동을 못해 근육이 빠져 훤칠해 보였던 비첼은 상당히 왜소해 보이기까지 했다.

이젠 더 이상 여기서 시간을 끌 수 없다는 생각이 들었다.

오늘.

오늘 이 빌어먹을 백색의 방을 탈출하고 만다!

비첼의 눈이 사납게 빛났다.

시간이 얼마나 흘렀을까.

어떤 식으로 탈출을 할지 머릿속으로 수많은 시나리오를 작성했다. 거듭 고민하고 생각하고 예측하고 또 이미지 트레이닝으로 수없이 시뮬레이션 했다.

덜컥!

여지없이 들어오는 찐 감자.

그 순간 비첼의 눈이 번쩍 뜨였다.

"잠시만!"

비첼이 외치는 순간 문 너머에서 흠칫 멈추는 듯한 기색이 느껴졌다.

비첼은 지금부터가 시작이라고 생각하고, 또 다짐했다.

'잘 가게나.'

싱그레이의 마지막 인사가 머릿속으로 전해지며 비첼은

곧바로 행동을 개시했다.

"그만, 그만 말하겠소. 그러니⋯ 이 개 같은 방에서 좀 빼 줘! 제발, 제발 빼달라고!"

비첼의 입에서 절규가 쏟아졌다. 평소 차분하고 냉정한 비첼의 모습이 아니었다. 지금 비첼은 저들이 의심하지 않기 위해 최대한 다른 모습을 보였다.

"부탁이야. 제발 빼달라고. 다 줄 테니까. 원하는 거 다 줄 테니까. 다 말할 테니까! 제발!"

처절하다 싶을 정도로 비첼의 목소리는 안쓰러웠다. 물을 제대로 마시지 못해 목소리는 쩍쩍 갈라져 고통스러운 기색이 한껏 묻어나왔다. 문 너머에서는 한참이나 침묵을 유지했다. 비첼은 당황하지 않고 모든 걸 체념한 사람처럼 절규했다.

"빼달라고, 시발⋯⋯! 그냥 다 포기할 테니까. 빼주기만 해. 시키는 대로 할 테니까!"

"흠. 일단 기다려 봐."

그때 문 너머에서 굵은 목소리가 들려왔다. 마치 그럴 줄 알았다는 듯, 한껏 여유가 묻어나오는 목소리의 주인은 마르친이었다. 비첼은 속으로 회심의 미소를 지었다.

"아냐. 제발 좀 빨리. 지금 당장 나가고 싶다. 미쳐 버릴 것 같다고!"

"이런. 지금껏 잘 버텼잖아? 하루만 더 기다려 봐. 우리도 위에 보고를 해야 되거든. 착하지?"

마르친은 여유 넘치는 목소리를 냈다.

비첼은 연이어 몇 번 더 절규를 쏟아냈지만 더 이상 반응이 없었다. 아무래도 자리를 피한 듯했다.

한참 절규를 쏟아내는 비첼의 머릿속으로 수많은 생각들이 빠르게 스쳐갔다.

'역시 바로 열어주지는 않는군. 파우띠나, 그녀가 오려나?'

최상의 수는 지금 비첼의 절규를 듣다 못한 마르친이 문을 열어주는 것이다. 이곳을 나가는 순간 비첼은 모든 경비를 제압하고 빠져나갈 자신이 있었다. 이미 이미지 트레이닝으로 수없이 시뮬레이션을 해본 상태였기 때문이다. 하나 마르친은 문을 열어주지 않았다.

'아쉽긴 하지만 어차피 이것도 가정에 있었다.'

아쉬운 일이지만 별 수 없다.

이미 이런 일을 대비해 비첼의 머릿속에선 수많은 계획이 잡혀 있었다.

'나타샤, 그녀가 오겠군.'

위에 보고한다고 했으니 파우띠나의 나타샤가 직접 올 확률이 높았다. 비첼의 비기를 밝혀내기 위해서 움직였으니, 비첼이 말하겠다고 하면 당연히 나타샤가 올 수밖에 없다.

'문제는 어느 정도의 병력이라는 것인데……'

나타샤를 비롯해 특급요원 몇 명만 더 와도 일은 어렵게 진행된다. 비록 싱그레이의 가르침과 이미지 트레이닝으로 비첼의 실력이 상당히 발전했다고 해도 몸 상태는 최악이었다. 상상에서만 이루어진 동작들을 현실에서 한 번도 사용해 본 적이 없으니 장담할 수 없다.

'현재 기사급 경비가 일곱. 그때 부딪쳤던 파우따나의 요원들이 나타샤를 비롯해 대략 세 명쯤 온다면.'

대략 열 명 정도의 기사 급을 상대해야 한다는 결론이 나온다.

비첼의 눈살이 찌푸려졌다.

차라리 일반 기사라면 쉽게 상대할 수 있다. 비첼의 비기는 마나를 무력화하는 힘으로, 기사의 치명적인 약점이 된다. 그러나 파우따나의 요원들 같은 경우엔 마나의 힘이 아니라 상당한 스피드와 은밀함, 그리고 무술 등이 정통 기사와는 확연한 차이를 보인다.

그런 이들을 최소 열 명 이상을 상대해야 했다.

'아니지. 죽이는 것이 목적이 아니라, 탈출이 목적이다.'

적을 완전 제압, 살상을 목적으로 한다면 절대 불가능이다.

비첼이 이미지 트레이닝과 싱그레이의 가르침으로 실력이 늘었다고 하나 불가능은 불가능인 법이다. 그러나 비첼의 진짜 목적은 탈출이다.

굳이 일일이 다 제압해 놓고 빠져나갈 이유가 무엇이 있겠는가?

적당히 치고 빠지면서 기회를 엿보아 '도망' 치는 것이다.

사실 비첼도 도망이라면 이골이 난 사람이다.

카이로가 무너진 이후, 북방까지 수십 일을 거쳐 도주했다. 그뿐만이 아니다. 4년 동안 부흥을 위해 여러 공작 활동을 펼치면서 수없이 쫓겨봤다.

굳이 다 제압할 필요 없이 빠른 몸놀림으로 치고 빠지며 빠져나가 도망만 성공한다면……!

'더구나 여긴 산 속!'

정확히 이곳이 로만의 어느 산 속인지는 모르지만 비첼에겐 홈그라운드나 다름없다.

비첼이 살던 장소는 산간벽지였다. 이런 산간벽지라면 충분히 따돌릴 자신이 있었다.

'문제는 파우따나군.'

파우따나는 추적 집단.

비첼이 도망에 성공하더라도 파우따나는 금세 추적해 오리라.

'후. 이건 탈출 후에 생각해야 하는 문제야. 탈출부터 생각하자.'

추적당하는 일이야 탈출을 성공한 이후에나 걱정해야 할 부분이었다. 지금은 탈출을 어떻게 성공하냐가 중요! 비첼은 거듭 고민하고, 또 생각하기를 반복했다.

그렇게 얼마의 시간이 흘렀을까.

덜컥, 그르르르!

정면의 문이 덜컥거리는 소리와 함께 천천히 열리기 시작했다.

'네 명일세.'

싱그레이의 늙수그레한 음성이 조용히 울렸다. 문밖에 네 명이 있다는 의미이리라. 비첼의 목소리를 청각만으로도 듣는 비정상적인 감각의 소유자인 싱그레이다. 비첼은 마지막까지도 도움을 주는 싱그레이에게 속으로 감사를 전하고 당장에라도 뛰쳐나갈 준비를 했다.

"후후. 이봐, 이제 나오… 컥!"

빠각!

용수철처럼 튀어 오른 비첼!

비첼의 주먹은 맨 처음 문을 열고 들어서던 마르친의 가슴을 강하게 때렸다. 가슴이 함몰되어 뒤로 그대로 쓰러지는 마르친. 당혹스런 표정을 짓는 치르스키를 비롯한 세 명의 경비병!

"이, 이런!"

뒤늦게 상황을 파악한 치르스키가 검을 뽑았다.

그러나 이미 너무 늦었다. 비첼은 한발 앞서 움직였다. 마르친에게 한 방 먹이자마자, 튀어 오른 속도를 늦추지 않고 그대로 치르스키의 얼굴에 머리를 박았다.

빡!

"억!"

쨍그랑!

인간이 가장 고통을 받는 신체 부분 중 하나가 바로 얼굴이다.

치르스키는 뽑아 든 검을 그대로 떨어뜨리고 주저앉았다. 그러자 치르스키의 어깨를 강하게 내려찍는 비첼!

빠각!

"꺼어어……."

뼈가 부러지는 끔찍한 소음과 함께 치르스키는 괴이한 신음을 흘리며 바닥에 널브러졌다.

"이 새끼……!"

남은 두 명의 경비가 동시에 칼을 뽑아 들고 거리를 좁혀왔다. 하지만 비첼은 결코 그들을 상대할 생각 따위는 없었다. 맨몸으로, 무기 하나 들지 않고 검을 든 자에게 덤빈다는 것은 어불성설! 이미 마르친과 치르스키를 때려눕힘으로 인해 도망칠 공간은 충분히 생겼다.

비첼은 공간을 향해 벼락처럼 달려갔다.

훙!

힘껏 내지른 검이 허공을 갈랐다. 경비가 당황한 목소리로 소리쳤다.

"자, 잡아!"

파바바박!

비첼은 한 마리의 표범처럼 달렸다.

'계단! 계단!'

비첼의 눈이 사납게 빛났다.

이곳은 지하다.

그것도 5분 이상을 내려온 깊은 지하! 계단을 찾아 위로 올라가야 했다.

복도는 깜깜했다. 빛 한 점 없었다. 그러고 보니 경비 중 하나가 불을 들고 있었다. 애초에 이 지하에는 불빛 한 점 들어오지 않는 듯했다.

비첼은 모든 감각을 열었다.

귀를 기울이고, 눈을 크게 뜨고, 모든 냄새를 찾고, 벽을 만지며!

그리고… 바람의 흐름!

지하라고 해도 위에서부터 조금씩 들어오는 바람 자체가 없을 리는 없다. 아주 미약하나마 조금씩 안으로 들어오는 바람이 분명히 느껴졌다. 이것 역시 백색의 방에서 90일을 견뎌내면서 얻은 생각지도 못한 능력이었다.

외부로부터 철저하게 밀폐된 장소. 눈을 감고 오로지 감각에만 의지했다. 이미지 트레이닝을 하면서 비첼의 감각은 극도로 예민해졌다. 지금은 아주 약한 바람의 흐름마저 느낄 정도로 비첼의 감각은 범인으로 보기엔 비정상적으로 발달해 있었다. 다만 비첼은 상황이 워낙 급박한지라 그것을 인식하지 못하고 있었다.

"찾았다!"

그리고 눈에 보인 계단!

비첼은 망설임 없이 위로 달려 올라갔다. 그동안 운동 부족 때문인지 벌써부터 목 끝까지 숨이 차올랐다. 하나 지치지는 않았다. 오히려 뛰면 뛸수록, 호흡은 가빠지지만 힘은 점점 차오르는 느낌!

그간 억눌러왔던, 움직이지 못했던 힘을 마음껏 분출했다.

'위엔 최소 세 명!'

마르친과 치르스키를 포함해 지상에는 다섯 명의 경비가 더 있었다. 지금 지하에 네 명이 있으니 지상에는 최소한 세 명의 경비가 더 있다.

거기에 나타샤를 비롯한 파우띠나의 요원들 역시 있을 확률이 높았다.

"비사앙… 탈출이다……!"

그때 뒤에서 고함이 비명처럼 울렸다. 비첼은 입술을 깨물었다. 그냥 두고 왔던 두 놈이 악착같이 따라붙으며 소리치고 있었다.

비첼은 무시하고 무작정 위로 올라갔다. 저 소리로 인해 지상의 적들도 충분히 계단 입구를 막고 경비를 서고 있을 것이 분명했다.

펑펑펑!

비첼의 머리가 빠르게 회전했다.

'도끼가 없는 게 천추의 한이군!'

속이 쓰렸다.

무기 없이 맨주먹으로만 일을 해결해야 했다. 거의 평생을 함께 해온 애병인 브로드 액스만 있다면야 한바탕 칼부림이라도 할 수 있을 터인데……

'어쩔 수 없다. 최선의 수를 찾아야 해!'

비첼이 고개를 휘휘 저으며 달리기를 멈추지 않았다.

그리고 길고 긴 계단의 끝이 서서히 보이기 시작했다. 저 위에서 희미한 불빛이 점점 밝아져 오고 있었다. 가까워질수록 비첼의 근육이 팽팽하게 긴장으로 부풀었다.

빛이 밝아지는 것과 동시에 비첼의 시야에 그림자가 비쳐졌다.

길쭉한 무언가를 들고 있는 두 인영이 빛 가운데에 서 있었다.

비첼의 눈이 매섭게 빛났다.

속에서부터 그간 억눌렸던 힘을 분출하듯 크게 소리쳤다.

"흐아!"

꽝!

기합과 동시에 비첼은 무언가하고 부딪쳤다.

"끄억!"

잔뜩 억눌린 듯한 신음! 비첼의 돌격을 정통으로 맞은 경비는 뒤로 나동그라졌다. 비첼은 조금도 멈추지 않고 그대로 일어서 경비의 머리를 강하게 밟으며 도약했다.

빠각!

머리가 그대로 터져나가는 듯했다.

발을 타고 전해져 오는 그 흉측한, 그러면서도 짜릿한 전율이 머리끝까지 전해졌다. 머리칼이 쭈뼛 서고 가슴속에서 무언가 꽝! 하고 폭발한다. 비첼의 눈에서 시퍼런 안광과 독기가 뚝뚝 흘러나왔다.

"이노옴!"

경비병 하나가 검을 쭉 찔러왔다.

푸르스름한 마나가 아주 희미하게나마 맺힌 검!

대기가 스스로 찢어지고 길이 열린다. 그 끝이 비첼의 가슴을 향해 정확히 찔러졌다.

"흥!"

하나 비첼은 이미 가속을 충분히 받은 상태였다. 온몸이 가속화된 상태!

그깟 공격 하나쯤이야 가뿐히 몸을 비틀며 피했다.

무엇보다…….

'보인다!'

적의 공격 방향이 너무 쉽게 보였다.

또 다음 동작이 어떨지 충분히 예상됐다. 이미지 트레이닝에서 비첼은 최고의 기사 중 하나인 골드락과 수십 번을 싸웠다. 싸우고 또 싸웠다. 그것은 하나의 경험으로 축적되었다. 그런 경험이 지금 싸움에서 빛을 발했다.

"이익!"

놈이 분한 소리를 내지르며 검을 휘둘렀다.

찌르고, 베고!

그러나 비첼은 가뿐하게 모든 공격을 피해냈다.

후웅!

그런 비첼의 뒤로 파공성이 들렸다.

'뒤!'

머릿속에서 울리는 경고!

비첼은 망설임 없이 바닥을 굴렀다.

콰직!

커다란 해머가 비첼이 있던 자리에 그대로 박혔다. 동굴의 바닥은 마치 마법이라도 맞은 것처럼 움푹 팼다. 가공할 괴력에 비첼의 얼굴이 딱딱하게 굳었다.

"역시, 호락호락하지 않네요."

그때, 가느다란 미성이 울렸다.

비첼은 그제야 뜨겁게 달아올랐던 심장을 차분하게 가라앉히고 침착하게 주위를 살폈다.

"나타샤. 역시 나타났군."

"핵심 사항인데, 와야 하지 않을까요."

전과는 달리 붉은 제복을 입은 나타샤는 차가운 얼굴로 비첼을 노려보고 있었다.

비첼은 침착한 표정으로 상황을 판단했다.

'일곱이라……'

현재 지상에 무기를 들고 있는 자는 나타샤를 포함해 일곱 명이었다. 특히 비첼의 뒤에 있는 거한은 파우띠나의 요원이라기보다는 마치 전사 같았다. 키는 2m를 족히 넘었으며, 온몸을 이루는 근육은 마치 돌덩이 같았다. 부리부리한 눈매에서 쏟아지는 살기등등한 시선은 당장에라도 비첼을 찢어 죽일 듯한 기백을 보였다.

"파우띠나에는 추적을 하지 않고 무력만을 담당하는 직급도 있죠."

"엿 같군."

나머지는 상대할 만하다.

지상의 경비병은 셋, 한 명은 비첼이 머리를 박살 냈기에 남은 이는 둘이다. 그리고 나타샤를 비롯해 저번에 보았던 파우띠나 요원 셋. 어떻게든 잘하면 따돌릴 수 있다만, 눈앞의 거한은 쉬이 볼 수가 없었다.

후우우웅!

대기가 뭉개지는 그런 느낌이었다.

강한 압박감이 비첼을 덮어왔다. 거의 비첼의 키와 맞먹는 커다란 해머가 빠른 속도로 떨어졌다.

콰드득!

"큭!"

우수수!

바닥이 박살나면서 돌가루와 먼지가 자욱하게 퍼졌다.

가공할 파괴력!

그야말로 박살이었다. 저 해머에 제대로 맞는다면 뼈도 못 추릴 것은 자명했다. 어느새 지하에 있던 두 명의 경비도 쫓아 올라와 포위를 형성했다.

비첼의 머리가 비상하게 회전했다.

'실수군. 너무 시간을 지체했어.'

경비를 상대하는 데 시간을 지체한 점이 화근이었다. 머리를 깨부수며 순간 가슴속에서 억눌린 게 터져서 비첼 본인도 모르게 싸움에 집중하고 말았다. 지금 해야 할 일은 싸움이 아니라 탈출임에도 불구하고.

하지만 후회는 후회일 뿐. 거기에 얽매여서는 안됐다. 비첼의 눈이 날카롭게 빛났다.

"협상 따위는 통하지 않겠군."

"놀라워요. 백색의 방에서 90일 동안 맨 정신을 유지하다니, 그리고 감쪽같이 감시를 속였군요."

"별 거 아니더군."

"백색의 방으로도 입을 못 열었는데, 그럼 어쩔까요. 결국 목숨을 걸고 협박해야 하는 수밖에 없지 않을까요?"

나타샤의 목소리는 차갑기 그지없었다.

협박하는 것이다.

죽기 싫으면 이제 그만 순순히 포기하라고.

비첼의 입 꼬리가 살살 말아 올라갔다.

"죽으면 죽었지, 평생 내 입을 열 일은 없을 거야."

"그럼 어쩔 수 없군요."

나타샤는 고개를 저으며 거한에게 눈짓을 줬다. 곧바로 거한에게서 살기가 풍기더니 해머가 대기를 짓고 비첼을 때렸다.

"흡!"

가공한 풍압에 피부가 베인다.

비첼은 다시 한 번 몸을 굴렸다.

"젠장."

우드득!

몸 곳곳이 쑤셨다. 차가운 바닥을 구르고 굴렀으니 몸이 정상일 리가 없다. 더구나 기분 나쁜 점은 싸움을 지켜보는 시선들이다. 나타샤를 비롯한 파우띠나와 경비병들은 포위망만 형성한 채, 거한과 비첼의 싸움을 바라보고 있었다.

마치 구경거리가 된 듯한 기분.

비첼의 심정이 참담해졌다.

'도끼라도 있다면……!'

차라리 시원하게 싸워보리라!

하나 맨주먹으로 상대하기엔 너무나 버겁다.

무기, 무기가 필요했다.

그 순간, 비첼의 눈에 잡히는 무언가!

거한의 허리춤에 매여져 있는 묵빛의 곤봉!

덩치에 맞게 곤봉 또한 상당한 크기였다. 해머보다야 작았지만 적어도 비첼의 브로드 액스만 했다.

'저거다!'

비첼은 눈을 빛냈다.

손에 무언가 쥐어지기만 한다면 까짓것 못 싸울 일이 있으랴!

"우아아!"

거한이 기합을 내지르며 해머를 높이 들어 올렸다.

묵직한 무게가 실렸다.

저것에 정통으로 맞으면 단숨에 사망!

육신이 처참하게 짓이겨져 사망할 것이 분명했다. 그러나 오히려 그 순간에 비첼은 기회를 보았다.

'놈은 느리다!'

거한은 느렸다. 워낙 대형 무기이기에 단순히 휘두르기 위해 자세를 취하는 것부터 모두가 느렸다. 물론 이건 비첼의 눈에만 그랬다. 골드락과 수없이 싸워온 비첼에게는 웬만한 실력이 아닌 이상 느리게 보일 수밖에!

사실 거한은 덩치에 비해 상당히 빨랐다.

그렇지 않으면 파우따나의 무력 담당을 어찌 맡겠는가.

문제는 상대가 비첼이라는 점이었다.

"우오오오!"

후우우웅!

해머가 아래로 떨어졌다.

비첼은 바닥을 구르지 않았다. 오히려 거한을 향해 돌진하듯 달려갔다. 그 모습에 거한의 얼굴에 당혹심이 어렸지만 그뿐이었다. 비첼이 도달하기 전에 해머에 처참하게 짓이겨지리라! 부셔지리라! 거한의 생각이 그러했다.

하나 거한의 생각은 틀렸다.

비첼의 속도는 거한이 생각한 것과는 달리 상상불허로 빨랐다.

해머가 비첼의 머리에 닿는 순간!

비첼의 신형이 감쪽같이 사라졌다.

주르르륵!

비첼이 그대로 뒤로 몸을 눕히면서 바닥에 미끄러졌다. 해머는 허공을 때렸고 비첼의 신형은 그대로 거한의 두 다리 사이를 통과했다.

덥썩!

통과하는 순간 비첼은 마치 통나무처럼 굵은 놈의 다리를 양팔로 붙잡았다. 그리고 힘껏 힘을 줬다.

미끄러지면서 거한의 다리를 그대로 붙잡은 비첼!

"우으으!"

쿠웅!

거한의 신형이 흔들리더니 비첼에게 딸려 들어가 그대로 엎어졌다.

거대한 덩치가 바닥에 넘어지자 지축이 울리는 듯한 굉음이 귀를 먹먹케 했다. 비첼은 멈추지 않고 다음 동작을 이어갔다.

최대한 빠르게!

비첼은 넘어진 놈의 허리춤에서 묵빛 곤봉을 꺼냈다.

쫘악!

"묵직하군!"

짧은 감상평.

비첼은 그대로 곤봉으로 거한의 발목을 무참하게 때렸다.

퍽! 퍽! 퍽!

우득, 우드득!

발목에서부터 아킬레스건까지!

비첼의 거침없는 손속에 거한의 다리가 완전히 박살이 났다. 발목이 부러지고 아킬레스건이 끊어지고, 묵빛 곤봉에 살점과 피가 묻어나왔다.

그것이 눈 깜짝할 새에 일어난 일이었다.

"저, 저런!"

"잡아!"

그제야 상황을 파악한 경비병 넷이 검을 쭉 뻗었다.

푸르스름한 마나가 일시에 솟구치더니 대기를 찢고 길을 열었다.

"흡!"

비첼은 헛숨을 들이켰다. 그리고 정신을 집중했다. 몸에서 기운이 쭉 빠져나가는 기분을 느꼈다.

스스스스!

희미한 안개가 뱀처럼 똬리를 틀며 곤봉을 감쌌다.

'싸우면 필패!'

싸워선 진다.

아무리 비첼이라도 기사급의 검사 네 명을 동시에 상대하는 건 절대 불가다. 일대일이라면 각개 격파할 자신이 있지만 지금은 아니다.

후후후홍!

비첼의 몸이 핑그르르 회전했다.

째째째쨍!

경비들의 칼날이 곤봉에 턱턱 막혔다. 경비들의 얼굴에 당혹스런 기색이 역력했다.

세상에, 마나가 막히다니!

강철도 두부처럼 자르고 거대한 암석에도 구멍을 내는 마나가!

그것이 틈이었다. 비첼은 그 틈을 비집고 그대로 몸을 뺐다.

슈수수슉!

"젠장, 산 넘어 산이라더니!"

그 순간 쏟아지는 수많은 비수들!

파우띠나 요원이 쏟아내는 무수히 많은 비수들은 전부 피할 수도 없었다. 그렇다면 몇 개쯤은 상처를 각오하고 몸으로 버텨내야 한다.

반짝!

비수 끝에 윤기가 흐르고 반짝인다.

'독!'

독이다.

독이 비수 끝에 묻어 있었다.

그것이 사람을 바로 죽일 수 있는 극독일지, 아니면 간단한 마취약인지는 알 수 없다. 지금 저 비수를 맞으면 그대로 탈출은 물 건너간다는 점 하나만큼은 확실했다.

그때, 비첼의 눈에 시신 한 구가 비쳤다.

바로 처음 비첼이 지상에 올라왔을 때, 운 나쁘게 비첼의 돌격에 정통으로 맞아 결국엔 머리가 깨진 시체였다. 비첼의 머리에 짧은 생각이 스쳤고, 동시에 실천으로 이어졌다.

파바바바박!

비첼이 벼락처럼 득달했다.

그리고 시체를 들어 올렸다.

푸푸푸푹!

시체의 전신 곳곳에 박혀드는 비수들!

"저 독한……!"

경비 하나가 소리쳤다.

비첼은 지독하게도 시체를 방패막이 삼고 달려 나갔다.

전쟁을 경험해 본 비첼이기에 이런 선택을 할 수 있는 것이다.

전쟁에선 살기 위해 시체 뒤에 숨어야 할 때도 있고, 방패가 없으면 시체를 들고 막기라도 해야 했다. 그래야만 살 수 있으니까.

비록 죽은 이에게는 더없는 모욕이었지만 지금 그런 것까지 신경 쓰기엔 상황이 너무나 급박했다.

공간이 열렸고, 비첼은 거침없이 뛰었다.

"뭐, 뭐가 저렇게 빨라!"

경비 하나가 아연한 소리를 냈다.

시체를 방패삼아 밖으로 뛰쳐나가는 비첼은 눈 깜짝할 새에 동굴 밖으로 나가고 있었다.

"쫓아가겠습니다!"

파우띠나 요원들이 짤막하게 말을 하고 곧바로 뛰어갔다.

"……."

우려하던 비첼의 탈출이 성공하려는 와중이었으나 나타샤는 마치 방관자처럼 상황을 지켜보기만 했다.

　　　　*　　　*　　　*

　휙휙휙!

　시야로 울창한 나무들이 빠르게 지나간다. 비쳴은 밖으로 나오자마자 시체를 버리고 질주했다.

　산 속의 산뜻하면서도 차가운 공기가 폐부 깊숙한 곳까지 들어오자 정신이 밝게 게이는 느낌이었다. 짜릿한 흥분과 전율이 몸 전체에 흘렀다.

　결국 성공했다.

　탈출에 성공했다. 비록 지금 뒤에는 추적자의 발길이 멈추지 않지만 일단 밖으로 나온 이상 못할 게 없다.

　하나 불길한 감정이 불쑥 튀어나온다.

　일이 너무 수월하다.

　'이상한데……'

　이상하다 싶을 정도로 일이 수월하게 풀리고 있다.

　포위가 너무 쉽게 풀렸다. 마음만 먹었으면 파우띠나 요원들만으로도 비쳴을 충분히 막아낼 수 있었으리라. 한데 허술한 구석이 한둘이 아니었다.

　무엇보다 나타샤.

　'결코 감정의 변화가 보이지 않았어.'

　한시 무심한 얼굴, 차가운 얼굴을 유지하고 있었다. 비쳴이 거한의 곤봉을 뺏어 두들겨 팰 때도, 경비 네 명을 단숨에 따돌리고 쏟아지는 비수를 시체로 막아낼 때도, 그리고 결국 포위를 뚫고 뛰쳐나가는 그 순간에도 나타샤는 아무런 명령도 내리지 않았다.

저번과는 달랐다.

저번에는 분명히 명령을 내리고, 직접 싸우기까지 했다. 싸움을 전두 지휘했단 얘기다.

한데 이번은 아니다.

그저 지켜보는 방관자 입장을 철저하게 고수했다.

도대체 왜?

비첼이 탈출에 성공하면 가장 큰 피해를 입을 사람은 담당자인 나타샤 본인일 텐데?

'마치 믿는 구석이 있는 것처럼……. 믿는 구석?'

생각을 잇던 비첼은 그 단어에 순간 멈칫했다.

믿는 구석이 있기에 여유롭게 보고 있던 것이 아닐까?

어디, 한번 해볼 테면 해봐라.

비첼은 달리면서도 그 생각이 머릿속을 떠나지 않았다. 탈출을 했지만 끝난 게 아니라는 생각이 머릿속을 지배했다. 그리고 그때였다.

파파파파—!

우뚝!

우레와도 같은 울음이 산 속에서 진동했다. 미친 듯이 질주하던 비첼의 신형이 저도 모르게 우뚝 섰다.

피부를 벨 듯한 날카로운 예기(銳氣)!

우지끈!

우르르르르!

기다란 나무들이 거세게 흔들리며 부러져 나갔다. 한두 그루가 아니었다. 수십 그루가 일자로 쭉 부러졌다.

'아니, 부러진 게 아냐!'

비첼의 눈동자가 찢어질 듯 커졌다.

나무들은 부러지는 게 아니라 잘려지고 있었다. 마치 칼에 잘린 것처럼 매끈하게 잘려 나가는 나무들.

우수수!

수십 그루가 동시에 잘려 나가는 모습은 과연 장관이었다.

하나 비첼은 넋 놓고 구경만 할 수는 없었다.

푸른빛의 칼날!

마치 마법과도 같은 그것이 걸리는 건 닥치는 대로 자르면서 비첼을 향해 빠른 속도로 거리를 좁혀오고 있었다.

주룩!

살기등등한 예기에 살갗이 베어져 피가 흘러나왔다.

그제야 정신 차린 비첼은 바닥에 납작하게 달라붙었다.

훙훙훙훙!

"……."

납작 엎드린 비첼의 위로 푸른빛 칼날이 파공성을 내며 스쳐갔다. 만일 그대로 서 있었다면… 아니, 도망치려고 뛰었다면 잘려 나간 건 나무가 아니라 비첼의 상체였음이라. 그리 생각하지 모골이 절로 송연해졌다.

'도대체 누구⋯⋯!'

도대체 누가 저런 위력을 낸단 말인가?

마법은 아니었다. 얼핏 마법처럼 보이긴 했으나 그건 절대로 아니었다.

'마나를 이용한 참격⋯⋯!'

간혹 골드락이 사용하던 기술.

마나를 유형화시켜 검에서 떼어내 날리는 공격 방법으로서 기사로서 어느 정도 원거리 공격이 가능한 기술이었다. 하나 골드락도 고작 2~3m 떨어진 거리에서 사용할 정도로 위력이 형편없었다.

그런데 지금 이건⋯ 도저히 사람의 솜씨라고 믿기 어렵지 않은가?

조심히 고개를 들은 비첼의 표정은 아연해졌다.

울창했던 나무들이 다 잘려 나가 앞이 훤하게 트였다.

그리고 그 빈 공간으로 한 인영이 천천히 모습을 드러냈다. 칼 하나를 어깨에 턱 올린 채 천천히 걸음을 옮기는 사내. 대략 40대는 넘어보는 장년인. 키는 비첼보다 컸으며 온몸이 갑옷처럼 촘촘히 짜인 근육으로 이루어져 있었다. 또한 얼굴과 드러나는 피부에 새겨진 수많은 상처들은 그가 수많은 전투를 거쳐 온 전사임을 보여주고 있었다.

꿀꺽.

'나보다는 훨씬 몇 수 위다. 아니, 골드락보다도 최소 네다섯은 위다.'

비첼은 대략적이나마 짐작할 수 있었다.

대적 불가.

애석하게도 그랬다.

90일 동안 백색의 방에서 얻은 여러 결과물로도 상대하기 어렵다는 생각이 든다.

저벅저벅.

도망쳐야 한다.

이 자리를 피해야만 한다. 머릿속에 그런 생각이 끊임없다. 그러나 발을 뗄 수가 없었다. 온몸을 옭매는 두려움? 위압감? 비첼의 몸이 굳어져 버렸다. 마치 과거 카이로 때처럼.

카이로 때, 로무가 죽였던 별동대 사령관의 포효를 처음 마주했을 때, 그런 느낌.

'도대체 누구길래!'

누구이기에 이런 위압감을 내뿜는단 말인가?

비첼도 과거의 비첼이 아니었다. 마나란 무기가 없어도 기사들 몇은 족히 베어낼 수 있는 실력자다. 그런 비첼을 이렇게 기세만으로 옭매일 수 있는 자가 도대체 누구란 말인가.

"흐으음. 나타샤가 웬일로 도움을 청하더니, 제법 한가닥 하는 놈인 것 같군."

"……."

"스승님 얼굴 좀 뵐 겸 왔더니, 제법 재미있어 보여."

"스승님……?"

비첼의 얼굴이 딱딱하게 굳었다.

저런 실력자의 스승이라면 감도 잡히지 않는다.

근데 있다.

딱 한 명이.

이 근방에.

"…수메리안?"

"자일론의 검사로 불리기도 하지."

"하……."

비첼은 허탈한 마음을 감추지 못했다. 비첼의 시선이 수메리안, 그리고 그 너머에 도달했다. 붉은 제복의 나타샤가 천천히 걸어왔다.

"믿는 구석이 이거였나? 나타샤?"

"사실 그간 보고를 받아오면서 이상한 게 많았어요. 경비 중 하나인 치르스키가 그러더군요. 마치 인위적인 행동을 보는 것 같았다고요."

"……."

"백색의 방에서 미치지 않고 위장까지 한다는 것은 믿을 수 없지만, 혹시 몰랐죠. 세상엔 설마 싶은 일이 많으니까요. 그래서 모셔왔죠. 당신이 무슨 수를 쓰더라도 결국 무릎 꿇을 수밖에 없는 사람을."

"그렇지. 자일론의 검사 정도라면……."

비첼은 입술을 깨물며 수메리안을 노려보았다. 수메리안
의 얼굴에 드러난 감정은 흥미, 또는 호기심이었다. 그는 칼
을 척 들어 올리더니 씩 웃었다.

"백색의 방에서 미치지 않고 연기를 한 거라고? 호. 이거
대단한 놈을 잡았소, 나타샤."

"대단한 건 한번 검을 겨뤄보면 알 거예요. 신기한 재주가
많은 사람이니까."

"그렇소? 뭐 한번 겨뤄봐야지. 순순히 항복할 놈은 아니군.
저런 놈은 많이 봐왔지. 어차피 무너져 버린 로스트 왕가를
부흥시키겠다고 날뛰는 반골(反骨)놈들."

우득.

그 발언에 비첼은 곤봉을 부러질 듯 쥐었다. 손에 절로 힘
이 들어갔다.

"변절자… 새끼."

글자 하나하나를 끊어 말하는 비첼의 목소리엔 분노가 담
겨 있었다.

비첼은 로스트 부흥을 위해서 움직이는 것이 아닌 제국을
상대하기 위해서 부흥을 돕는 목적이었지만 부흥군을 이용하
다 버린 수메리안을 보니 가슴이 뜨겁게 달아올랐다.

학업을 포기하고 부흥에 매달렸던 헤링턴.

왕가를 수호하던 근위병으로 목숨까지 받쳐 부흥을 위해 싸우던 미하일.

북방에서 애쓰고 있는 유니아스와 로만스터. 그리고 수많은 부흥군.

그들은 뭐가 되는가?

"변절자라……. 애초에 아버지가 버림받고 자일론에 유폐되는 순간, 난 로스트란 국적은 버렸어."

"……."

비첼은 말없이 곤봉을 쥐었다.

애병인 브로드 액스가 아니라 어색했지만, 기세만큼은 결코 녹록치 않았다.

"어디, 그 신기한 재주 한 번 볼까."

수메리안이 피식 웃으며 검을 겨눴다.

웅웅웅!

검끝에 푸른빛의 에너지가 응축됐다.

모든 걸 꿰뚫을 듯한 가공할 파괴력이 느껴진다.

저벅.

그리고 수메리안이 한걸음 내딛는 순간, 둘 사이의 거리가 순식간에 좁혀졌다. 마치 공간을 접어 달리는 듯한 모습이다. 한걸음에 그 엄청난 거리를 좁히다니! 비첼이 당황할 틈도 없이 수메리안의 검이 쭉 찔러왔다.

훙!

공간을 단숨에 찢어발기는 검!

<u>스스스스.</u>

비첼의 곤봉 주위로 안개가 맺혔다. 비첼은 있는 힘껏 다해 검을 쳐냈다.

째쟁!

"호, 마나는 아닌데? 무엇이지?"

수메리안이 놀란 눈을 떴다.

마나도 아닌 전혀 다른 힘이 유형화되어 마나가 담긴 검을 막아낼 줄은 꿈에도 몰랐다.

수십 년간 검을 잡으며 처음 보는 괴현상!

싸움 중에 멈춰 서서 질문을 던질 정도로 수메리안은 놀랐다. 그리고 그만큼 여유로웠다.

"그렇게 자신만만한가?!"

그 순간 비첼은 있는 힘껏 다해 곤봉으로 후려쳤다.

파파팡!

공기가 터져 나가는, 북을 후려치는 듯한 소음이 울렸다.

그러나 곤봉은 수메리안의 털끝도 건들지 못했다.

"느리군."

"……!"

어느샌가 비첼의 뒤로 나타난 수메리안!

비첼의 모골이 송연해졌다.

이마로 식은땀이 흘렀다.

'대체 언제!'

고작 곤봉을 후려치는 그 짧은 순간에 어찌 뒤로 돌아간단 말인가? 사람의 몸놀림이 아니다. 마치 마법사의 순간 이동 마법처럼 아득하게만 느껴졌다.

수메리안이 검을 들어 올렸다.

비첼이 몸이 돌리기는 너무나 늦은 상태!

그대로 검을 휘두르면 비첼은 죽는다.

그러나 그 순간, 수메리안은 여유로운 목소리로 입을 열었다.

"죽이지는 말랬지, 나타샤?"

비첼에겐 천운이었다.

수메리안이 보고만 있던 나타샤에게 질문을 던지는 짧은 찰나에 비첼은 몸을 뺄 수 있었다. 그리고 거침없이 앞을 향해 질주했다.

파바바박!

휙휙휙!

'싸우면 진다! 무조건 진다. 가망 없어!'

대적 불가란 말이 다시 한 번 가슴 깊이 새겨진다.

이미지 트레이닝과 싱그레이의 가르침으로 가진 실력에 자부심을 느꼈다. 그러나 로스트 제일의 검인 수메리안을 만나자 자부심이 와르르 무너졌다. 골드락도 간신히 이겼던 비첼이다. 수메리안은 그런 골드락이 십 초도 안 돼 패한 로스트에서 가장 강한 검사!

'도발에 걸려들다니. 멍청한!'

반골 운운했던 모든 발언이 지금 생각하면 도발한 것이다. 도망가지 않고 덤벼들게끔.

비첼은 입술을 깨물며 달리고 또 달렸다. 입안에 뜨거운 단내가 훅훅 치솟을 때까지. 언제 이렇게 열심히 뛰어 본 적 있나 싶을 정도로 사력을 다했다.

"뛰어 봤자 벼룩이지."

"……!"

어느 순간 비첼의 옆까지 따라온 수메리안.

비첼이 고개를 돌리는 순간 수메리안의 솥뚜껑만 한 주먹이 그대로 날아왔다.

흥!

푸파파팍!

"컥!"

정확히 얼굴에 명중된 주먹. 비첼은 단발마의 비명을 내지르며 그대로 바닥에 처박혔다. 달려 나가던 속도 그대로 일격을 맞았으니 충격이 대단했다.

머리가 미친 듯이 울렸고 이빨이 한두 개 나간 듯 덜렁거렸다. 입속에서 피가 흘러내리고 코뼈가 뭉개지듯 고통스러웠다.

"자. 순순히 붙잡혀서 그 신기한 재주에 대한 것 좀 털어놓지? 그러면 편해질 거야. 제국도 원하는 건 딱 그거 하나일 뿐이니까."

"크……."

수메리안은 엎어진 비첼의 멱살을 붙잡아 들어 올렸다. 비록 비첼의 체격이 요 근래 왜소해졌다고 하지만 엄연한 성인 장정이다. 그런 비첼을 한 손으로 가뿐히 들어 올리는 수메리안의 얼굴은 여유로움이 묻어났다.

"나도 이런 귀찮은 용병짓 하기 싫은데 말이야. 자일론으로 돌아가고 싶은데……."

"퉤!"

"……."

비첼은 여유를 부리는 수메리안이 얼굴에 침을 뱉었다.

얼굴에 침을 뱉는다는 행위는 지극히 모욕적인 행동이다. 그것도 로스트의 기사인, 뼈대 높은 기사 가문 출신인 수메리안에게는 더욱더.

여유롭기만 하던 수메리안의 얼굴이 돌처럼 딱딱하게 굳었다. 그의 눈동자에서 불같은 살기가 타올랐다. 하나 비첼은 결코 굴하지 않았다. 처음에야 위압감과 두려움에 꼼짝도 못했지만 일이 이렇게까지 되자 없던 배짱도 생기려 했다.

"이 새끼……!"

퍼억!

파바박!

"크으으……"

수메리안은 비첼을 힘껏 던졌다. 비첼은 바닥에 처박히며 몇 번 구르다가 커다란 나무에 맞고 멈춰 섰다.

욱신.

"으으윽."

온몸의 뼈가 아우성을 친다. 근육이 끊어질 것만 같다. 온몸으로 전해지는 고통에 비첼의 정신이 바짝 차려졌다.

차라리 죽으면 죽었지, 변절자에 불과한 수메리안에게 굴복할 수 없다는 생각이 머릿속에 가득했다.

벌떡!

그 순간 비첼은 벌떡 일어서서 또 한 번 미친 듯이 달렸다.

"또 도망가나?"

바로 등 뒤에서 수메리안의 이죽이는 목소리가 천둥처럼 울렸다.

훙!

'뒤!'

그리고 허공을 가르는 파공성이 귓가를 때렸다. 그러나 반응하기엔 수메리안이 너무나 빨랐다. 비첼은 최대한 몸을 비틀었다.

푸악!

"껵!"

머릿속이 새하얗게 타들어갔다.

끔찍한 고통이 목 끝까지 차올랐다. 비첼의 어깨가 피에 젖어 너덜너덜해졌다. 당장에라도 어깨가 끊어지며 떨어져 나갈 것만 같았다.

마나를 힘껏 담은 수메리안의 일격이었으나, 비첼이 몸을 트는 바람에 빗나갔다. 만일 비첼이 조금이라도 몸을 비틀지 못했으면 그대로 머리가 터져 나갔으리라.

하나 비첼은 결코 쓰러지지도, 멈추지도 않았다. 그저 맹목적으로 앞만 보고 달리는 것처럼 질주했다. 어차피 여기서 멈추면 가망이 없다. 싸움에서 이길 수도 없고 이젠 더 이상 벗어나지도 못하리라!

그런 비첼의 눈앞으로 탁 트인 절경이 펼쳐졌다.

울창한 수풀이 사라지고 텅 빈 공간.

절벽.

험준하기 짝이 없는 절벽의 끝이었다.

절벽을 보고도 비첼의 질주는 멈추지 않았다.

그의 머리에 수많은 생각이 스쳤다.

'떨어져도 죽는다. 그렇다고 멈춰도 죽어. 결정해야 돼!'

두 가지밖에 없다.

절벽 밑으로 떨어지느냐?

아니면 멈춰서 맞서 싸우느냐?

두 가지 다 살 가망은 없다.

'아니, 1%는 있어. 절벽에 떨어져도 1%의 확률로 살아남

을 수 있어.'

절벽 밑에는 울창한 수풀로 이루어져 있다. 천운이 따르면, 그야말로 진짜 하늘의 운이 따르면 살 수 있다. 그것이 1%다. 그러나 여기서 멈춰서 대적하다면? 1%도 없다. 아니, 비첼이 굴복한다면 잠깐은 살 수 있겠지. 그러나 그럴 생각은 없다.

전쟁에 처음 나서는 애송이 신병들이 첫 전투에서 살아남을 확률은 1할도 되지 않는다. 비첼은 14살 때 로만의 옥스탄틴에서 첫 전투를 치르고 살아남았다. 그리고 카이로에서는 공까지 세웠다.

'확률은 단지 숫자에 불과할 뿐……!'

비첼은 확률이란 숫자를 과감하게 버렸다.

도박.

그리고 선택!

팟!

비첼의 몸이 허공을 날았고, 이내 시야에서 사라졌다.

"…허!"

여유롭게 뒤를 쫓던 수메리안의 입에서 허탈한 웃음이 튀어나왔다.

절벽을 보고 그대로 뛰어내릴 줄은 그도 몰랐다.

차라리 죽이 되든 밥이 되든 맞서 싸울 것이라 여겼건만…….

"한 방 먹었군."

수메리안이 씁쓸하게 중얼거렸다.

그리고 그의 뒤로 나타샤가 금방 따라왔다.

"어떻게… 된 거죠?"

"떨어졌어."

"…절대 죽어서는 안 될 사람이에요! 제가 분명 말했죠. 어떻게든 살려두라고. 죽이지는 말라고!"

"……."

"어째서죠? 어째서 절벽에 뛰어내릴 정도로 절박하게 만든 거예요?"

나타샤의 얼굴이 심각하게 찌푸려졌다. 그러나 수메리안은 담담하게 말을 이었다.

"보아하니 저런 놈은 절대로 비기를 밝히지 않아."

"…그게 무슨."

"이미 너도 알 텐데. 저런 눈을 가지고 있는 놈은 절대 굴복하지 않는다고."

"……."

"백색의 방도 견딘 놈이야. 팔을 자르고 손톱 밑에 바늘을 꽂고 인두로 지지고 물 고문을 한다고 해도 저런 독종은 절대 말 안 해. 자신의 신념을 지키며 살아가거든."

나타샤는 차마 뭐라 말을 하지 못했다. 수메리안의 말은 구구절절 옳았고, 그녀도 사실상 이미 그렇게 생각하고 있었으니까.

"어차피 죽일 것 아니었나?"

"그게 무슨 말이죠?"

"만약에 비기를 토해냈다면, 어차피 죽일 거였잖아?"

"……."

"저런 놈은 위험하니까. 두고두고 제국에 화근이 될게 분명하니까. 그냥 일찌감치 포기하고 죽인 거라고 생각해. 그리고 말하지. 난 네까짓 년 명령을 듣는 사람이 아니다. 난 자일론의 검사, 수메리안이야."

그렇게 말하는 수메리안에게서 엄청난 위압감이 폭풍처럼 몰아쳤다.

"가서 류블로프 그 빌어먹을 당나귀 같은 새끼한테 전해."

"……."

"내가 너희에게 협조하는 것은, 나에게 빌어먹을 로스트의 핏줄을 처단할 기회를 준다한 것 때문이니까."

"그것 때문이라면 걱정 말아요."

나타샤는 살기를 줄줄 흘려대는 수메리안에게 결코 굴하지 않고 당돌한 목소리로 말했다. 수메리안이 의아한 눈빛으로 그녀를 내려다봤다.

"로스트의 마지막 핏줄, 그가 곧 오니까요."

*   *   *

험준하기 짝이 없는 절벽.

로만에서도 가장 외진 곳인 코호몽엔 이런 절벽으로 이루어진 협곡이 셀 수도 없이 많았다.

그런 절벽 위로 사람의 인영이 모습을 비쳤다.

"여기라고? 여기서 떨어졌단 말이냐?"

"그, 그렇소!"

"네가 보았느냐?"

네 명의 사내가 만신창이가 된 사내를 줄로 꽁꽁 묶은 채 겁박하고 있었다. 줄에 묶인 사내는 창백하게 질린 얼굴로 더듬거리며 대답했다.

"보, 보진 못했지만 분명 그랬소. 그 사람들이 대화를 나누는 걸 들었단 말이오. 여기로 떨어졌다고!"

"흠."

"아무래도 이놈의 말이 맞는 것 같다. 비첼은 여기에 떨어졌어. 싸움의 흔적도 여기에서 끊어져 있어. 비첼의 발자국도 여기가 마지막이야."

"염병할! 시발! 개 같은!"

쿵쿵!

땅을 강하게 짓밟으며 참을 수 없는 분노를 표출하는 사내는 다름 아닌 노카일이었다. 그리고 그를 쳐다보는 세 명의 사내는 코아락, 남부 부흥군의 미하일과 헤링턴들이었다.

노카일은 비첼의 행방을 쫓아 남부로 내려왔고, 코아락을 만났다. 코아락은 남부 부흥군과 힘을 모아서 비첼의 뒤를 쫓고 있었다. 노카일은 이들과 협력해 결국 백색의 방의 위치를 대략적이나마 찾았고, 이곳까지 오고야 말았다.

그러나 너무나 늦었다.

한발 늦고 말았다.

비첼이 절벽에서 추락해 죽었다고 한다.

"염병할, 난 못 믿겠소. 이 개새끼가 거짓말을 하고 있다고!"

"…노카일."

"털보. 아니 형씨는 저 말 믿을 수 있소? 비첼 그 자식이 미쳤다고 절벽에서 뛰어내리냐고. 그놈이라면 까짓것 죽기 살기로 덤볐을 거 아니요. 시발! 수메리안이 뭐라고! 그놈이 무서워 떨어졌단 말이오?"

노카일은 분노를 참지 못했다.

결국 그의 분노는 줄에 꽁꽁 묶여 있던 치르스키에게 쏟아졌다. 치르스키는 비첼에게 공격당해 어깨가 완전히 박살 난 상태였다. 그래서 도시로 치료를 위해 떠나는 도중, 이곳을 찾은 노카일 일행에게 붙잡히고 말았다.

마나를 쓸 수 있는 기사급인 치르스키였지만 어깨가 박살 난지라 결국 붙잡혀 이리 처참한 꼴을 당할 수밖에 없었다.

"죽어! 죽어! 이 개새끼야!"

노카일은 결국 참다못해 검을 꺼내 들었다.

"어, 어억! 살려주시오!"

"죽어, 개 같은 제국 잡놈아!"

서걱!

코아락이 황급히 말리려 손을 뻗었지만 이미 노카일의 칼날에 치르스키의 목이 잘려 나간 뒤였다.

"후우… 후우, 후우!"

"…미치겠군."

"어차피 죽여야 할 놈이었습니다. 코아락 님, 더 이상 저놈도 아는 건 없는 것 같았고."

미하일이 이마를 짚는 코아락의 곁에 다가왔다. 지금까지 정보를 제공하던 치르스키가 죽어버리자 절벽 위에는 침묵이 감돌았다. 그 누구도 선뜻 입을 열지 못했다. 험준한 절벽. 이곳에서 떨어졌는데도 살아남을 수 있을까?

애석하게도 이들 네 명의 마음엔 불가능이란 단어가 싹트고 있었다.

그러나 노카일은 그것을 부정했다.

"난 저 밑으로 내려가 보겠소. 그놈, 어렸을 때부터 전장에서 살아남은 놈이야. 운빨 하나는 기가 막힌 놈이오."

"……."

"노카일 씨……."

"말리지 마쇼. 진짜 앞을 막으면 염병할 칼로 찔러 버릴 거요. 알았소?"

"뺀질이, 너……."

"털보, 난 갑니다. 미하일 씨, 헤링턴. 둘은 로스트 남부로 돌아가서 한시라도 빨리 부흥군을 조직하십쇼. 비첼은 내가 찾을 거니까. 털보, 당신은 어떻게 할 거요?"

"…후, 미하일 씨. 여기서 헤어집시다. 내 밑에 애들은 철심장 그놈이 있으니 걱정하지 않아도 될 겁니다."

"……."

"코아락 님……."

결국 노카일과 코아락은 남아서 비첼을 찾기로, 미하일과 헤링턴은 로스트 남부로 돌아가기로 결정됐다.

"부디, 다음에는 비첼과 함께 다시 만나길 바래요. 코아락 님."

"그래. 가 보거라, 헤링턴."

"조심하십시오. 코아락 님, 그리고 노카일 씨."

헤링턴과 미하일은 그 자리를 떠났다. 노카일은 우두커니 멈춰서 절벽 아래를 한참이나 내려다보았다. 그러다가 별안간 생각난 듯 말했다.

"듣자 하니 저 숲이 상단들이 의외로 잘 다니는 곳이라 하지 않았소?"

"그랬지. 길은 험하기 위험하지만, 로만과 저 남부의 도시국가들을 빠르게 오갈 수 있는 지름길이라… SCSU의 상인들이 자주 애용한다고 하지."

"…갑시다. 한번 찾아봅시다."

"후우."

노카일이 중얼거렸다.

"가서… 시신이라도 찾아야 그놈이 죽었다는 걸 믿을 것 같소. 만일, 시신이 없으면……. 그거 아니요, 살아남았다는 거. 난 그놈의 시신을 못 찾길 바라오."

"뺀질이……."

"거 참, 그만 뺀질이라 하쇼. 나도 이제 어엿한 부흥군이오. 갑시다, 어서."

오리무중에 빠진 비쳴의 행방.

그리고 그 뒤로 노카일과 코아락이 따를 때.

전쟁의 화마가 대륙 남단의 도시 국가들을 덮쳐가고 있었다.

Chapter 09
남부 도시 국가 연합

남부 도시 국가 연합(이하 SCSU)은 남부에 자리 잡은 여섯 개의 도시 국가가 뭉친 연합체였다. 이들은 군사력을 비롯한 전체적인 국력이 이전의 로스트 왕국이나 로만 왕국에 비해 형편이 없었다. 그래서 국제 사회에서 목소리를 내고, 살아남기 위해 여섯 개의 도시 국가가 뭉쳤다. 이것이 하나의 연합체가 탄생하게 된 것이다.

남부도시 국가들은 대부분 상업이 발달했다. 그래서 비록 군사력이나 전체적인 국력이 약하다 해도 도시 국가의 상인들은 대륙 곳곳을 누비며 재화를 쓸어 담고 있었다. 그래서 국고는 풍족했고, 그런 여섯 도시 국가가 연합했으니 그 힘은 하나의 왕국을 넘어서는 정도였다.

SCSU에 속한 도시 국가는 로스타주라는 와인으로 유명한 로스타를 비롯하여 에페르넨, 르타텐스, 페임, 리에투떼, 까라노 등이 있다.

이들 나라들은 시민들이 스스로 만들어 세운 도시 국가였기에 왕이나 군주가 없었다.

즉, 도시 국가들은 공화정을 채택하고 있었다.

처음 나라를 세웠던 고귀한 피들의 후예가 귀족이 되어 사실상 국가의 정책을 심의, 결정한다. 그 귀족원에서 추천을 통해 한 명의 통령이 선출되어 국정을 이끌어 가는 정치체계였다.

통령의 집권 기간은 각 도시 국가마다 차이가 있지만 로스타가 10년으로 가장 짧았고, 에페르넨이 16년으로 가장 길었다. 그리고 모든 도시 국가에서 통령은 연임이 불가능한 구조였다. 또 SCSU에선 각 도시 국가의 통령이 3년마다 돌아가며 연합 통령을 선출해 SCSU를 대표하게 된다.

이처럼 대륙에서 여태껏 보기 힘든 정치 구조를 가진 남부 도시 국가 연합(SCSU).

대륙이 붉은 제국에 의해 짓밟힐 때에도 SCSU는 평화 속에 살았다.

그러나, 지금 그런 SCSU에 전운이 감돌기 시작했다.

지금 연합 통령은 에페르넨의 통령인 다스몽이 맡고 있다. 연합 통령에 선출된 시기는 불과 작년. 이제 본격적으로 정책을 추진하고 의욕 있게 연합 통령으로서 연합을 공고히 하고자 했던 다스몽은 대륙 곳곳에서 들어오는 소식에 이마를 짚었다. 특히나 과거 로스트 지역에서 상행을 다녀온 상인들의 얘기가 다스몽의 눈을 어지럽히고 있었다.

"제국이 은밀하게 전쟁을 준비하고 있단 말이오?"

"현재까지 보고된 바로는 그렇게 추측됩니다."

"후우. 미치겠군. 로스트에서 치안을 유지하기 위한다는 명목으로 조금씩 병사들을 징집하고… 대장간에서는 밤낮이 무색하게 무기가 만들어지고 있고……. 정말이군. 정말로 전쟁을 준비하고 있어."

"통령 각하. 이건 심각한 문제입니다. 제국에 비해 작았지만 로만이나 로스트는 강력한 왕국이었습니다. 그런 왕국들을 무너뜨린 제국에게 더 이상 대항할 수 있는 세력은 대륙에 없습니다. 그나마 저 멀리 대양 너머 동쪽이라면 모를까……. 그런 제국이 전쟁을 준비하고 있다는 점은… 우리 연합일 확률이 높습니다."

에페르넨 귀족원의 원장의 말에 다이몽은 관자놀이를 꾹꾹 눌렀다. 귀족원장은 귀족원의 의견을 대표한다. 즉, 저 얘긴 귀족원에서도 전쟁의 칼날이 겨누는 곳이 바로 남부 도시 국가 연합, SCSU라는 의미다.

"정녕… 제국이 연합을 노리는 것이오?"

"제국의 황제는 야심가이자 전쟁광입니다. 그는 본인의 치세 때 대륙일통이라는 업적을 이루어내고자 할 것입니다."

"음… 하지만, 로스트에서만 병사를 모으고 있지 않소? 이건 단지 로스트 총독부의 의지일 수도 있지 않겠소?"

"현재 로스트 총독부의 총독은 안드레이 류블로프입니다. 로만 점령전부터 활약해서 로스트 점령전 때는 총사령관으로 활약해 군부의 수장이 된, 대표적인 강경파죠. 이 작자는 황제의 신임을 받고 있습니다. 그의 의지가 곧 황제의 의지죠."

"음……."

다스몽은 믿고 싶지 않았다.

연합은 평화로워야 했다. 외부 세력으로부터 자신들을 보호하고자 결성된 연합은 분명 평화를 유지해야만 했다. 한데 전쟁이라니, 그것도 대륙 최강국인 붉은 제국을 상대로……! 믿고 싶지 않았다. 하나 속속 드러나는 정황들은 전쟁의 신이 SCSU에 모습을 드러내고 있음을 알려줬다.

그런 다스몽의 모습을 지켜보던 귀족원장이 말했다.

"각하. 통령 회의를 소집하십시오. 전쟁을… 준비해야 합니다. 평화를 위해서는."

"…평화를 위해서라"

"이런 격언이 있지 않습니까. 평화를 원한다면, 전쟁을 준비하라는."

　비록 군사력이 약한 도시 국가들이지만 이들은 연합이다. 징집병이지만 당장에라도 십만이 넘는 군사를 이끌어낼 수 있었다. 뿐인가? 대륙 곳곳에서 벌어들인 재화로 병사들 머리부터 발끝까지 무장을 시킬 수 있다.

　연합은 공고했다.

　도시 국가 중 하나가 멸망하면 곧 연합의 몰락임을 각 국가들은 알고 있었다. 연합이 한마음, 한뜻으로 맞서 싸운다면? 전쟁 준비를 한다면?

　그렇게 생각하자 용기가 샘솟은 것일까?

　다스몽의 눈빛이 달라졌다.

　"지금 당장 각 도시에 알려 통령 회의를 소집하시오. 이건 SCSU의 대표자인 연합 통령으로서 내리는 긴급명령이오!"

　　　　　　*　　　　*　　　　*

　끼이이익.

　기름칠을 하지 않았는지 문소리가 시끄러웠다.

　문을 열고 들어오던 작은 그림자는 소리에 흠칫 놀라 잠시 가만히 있다가, 안에서 아무런 반응이 없자 조심스럽게 나머지 문을 다 열었다.

　'후우, 후!'

엄하기 짝이 없는 아버지가 절대로 들어가지 말라고 했다. 그렇지만 호기심은 아버지의 엄명마저 어길 정도로 컸다. 테피존은 호기심을 참지 못해 이렇게 문을 열고 들어오고야 말았다.

테피존은 이제 아홉 살인 남자아이였다.

그의 아버지는 남부 도시 국가 에페르녠을 기반으로 상행을 펼치는 상인이었다. 제법 규모가 큰 상단을 이끄는 아버지는 4개월 만에 과거 로만 지역으로의 상행에서 돌아왔다.

매번 상행을 다녀오면 아들을 위해 진귀한 특산품이나 장난감거리를 사오는 아버지다. 그러나 테피존의 눈에는 그런 것들이 전혀 들어오지 않았다.

테피존의 호기심을 자극하고 흥미를 끈 건, 바로 침대 위에 죽은 듯 누워 있는 한 사내였다.

"흐음."

아무런 움직임이 없다.

어젯밤에도 몰래 들어왔었는데, 흐트러짐 하나 없었다.

마치 죽은 사람처럼.

'아니야. 안 죽었어. 배가 올라오잖아.'

테피존은 상인의 아들답게 눈썰미가 좋았다. 사내는 죽은 듯 누워 있지만, 일정한 간격으로 올라왔다 내려가기를 반복하는 배를 보면 살아 있음을 확인할 수 있었다.

"왜 다쳤을까."

궁금했다.

호기심이라면 둘째가라면 서러운 테피존이다. 아버지가 코호몽이란 곳에서 발견했다는 사내는 도대체 왜 다쳤을까? 그것도 정말 죽을 것 같은 상처를 입고……. 놀라운 점은 딱 죽을 정도의 상처를 입었는데 빠르게 회복하고 있다는 사실이다. 테피존은 그것이 신기했다.

처음 의사가 왔을 땐 어두운 얼굴로 어렵다는 얘기를 하는 걸 엿들었다.

근데 한 삼일이 지났을 때인가?

의사 아저씨가 놀란 표정으로 빠르게 회복하고 있으니, 살아날 가망 역시 높다고 말하는 걸 분명 들었다.

테피존에겐 모든 것이 신기했다.

'의사는 무서운 사람이야.'

의사가 곧 살 가망이 없다고 말한 사람은 꼭 죽었다.

지금까지 그래왔다. 그래서 테피존에게 의사는 무서운 사람이란 생각이 박혀 있었다. 한데 그런 의사가 며칠 만에 말을 바꿀 정도로 회복이 빠르다니. 신기하고, 또 궁금했다.

테피존은 침대 위의 사내에게 한걸음 더 가까이 갔다.

바로 코앞에 사내의 얼굴이 보였다.

붕대로 얼굴을 감고 있어서 얼굴 형태도 잘 보이진 않았다. 붕대 사이로 거칠게 삐져나온 잿빛 머리칼만이 머리색을 알려줄 뿐이었다.

테피존은 좀 더 가까이 갔다.

사내의 머리에 얼굴을 바싹 갖다댔다.

붕대 사이로 사내의 굳게 감긴 눈이 보였다. 짙은 눈썹으로 감긴 눈을 보고 있노라면 눈매가 제법 잘생겼구나 싶었다.

"흐음. 언제 깨어날… 악!"

테피존이 기겁하며 뒤로 쓰러졌다.

감겨 있던 사내의 두 눈동자가 번쩍 뜨였기 때문!

굳게 닫혔던 사내의 입에서 목소리가 쩍쩍 갈라져 나왔다.

"무… 무울."

"네, 네?"

"무울…….."

듣기만 해도 소름이 끼칠 정도로 갈라지는 목소리.

테피존의 얼굴이 금방 울 것 같이 변한다. 그러나 이내 무슨 말을 하는지 알아들은 테피존은 저도 모르게 짝 박수를 쳤다.

"물, 물 달라는 거죠?"

끄덕.

"잠시만 기다려 주세요!"

테피존은 짧은 다리를 놀려 빠르게 방을 나갔다. 그리고 고작 5분도 지나지 않았을 무렵, 테피존은 손에 냉수가 담긴 컵을 들고 조심스럽게 다가왔다.

"여기요! 따뜻한 물을 찾아봤는데… 너무 뜨거워가지고."

마치 강아지처럼 조잘대는 테피존.

조심히 유리컵을 받는 사내의 눈이 반짝였다.

'유리컵이라……'

보통 서민이라면 나무로 만든 컵을 이용하게 마련이다.

유리는 수공예품이다.

즉, 비싸다. 따로 유리 장인이 있고 만드는 방법이 많이 발달하지 않아서 귀족들이나 쓴다. 예를 들어 와인잔이 있지 않은가. 한데 이런 유리컵에 물을 떠오다니……

사내의 눈동자가 테피존이 입고 있는 옷에 닿았다.

'귀족은 아니고, 상인인가?'

귀족이 입는 옷은 아니다. 그러나 제법 돈이 나가 보이는 의복들. 상인의 자제이리라.

꿀꺽꿀꺽.

사내는 조심히 물을 마셨다. 테피존은 목울대가 출렁이는 모습을 올려다봤다.

잔뜩 호기심 어린 눈동자.

스윽.

입가에 흐르는 물을 닦은 사내는 그런 테피존을 보더니 피식 웃고 말았다.

"여기가 어디니?"

"여긴, 여긴 우리 집 그러니까… 아 울 아버지 상단이 있는 본점… 에, 집이에요."

갑작스런 질문에 당황했는지 테피존은 말을 더듬었다.

사내가 어설프게 미소를 지었다. 물론 붕대에 가려 보이진
않았지만.

"그렇구나. 그럼 여기가 어느 나라니?"

"여긴 에페르넨이에요. 다스몽 통령이 다스리는. 지금은
SCSU의 맹주국이구요!"

"에페르넨이라……."

생각지도 못한 답변이었는지 사내의 목소리가 조금 떨렸
다. 그러나 그것을 눈치채지 못한 테피존은 마치 병아리처럼
조잘댔다.

"형은 어디서 왔어요?"

"나?"

물을 마시고 나니 갈라졌던 목소리가 차츰 본래의 모습을
찾아갔다.

젊으면서도 적절히 낮은 중저음의 목소리.

듣는 이로 하여금 호감을 느끼게 하는 좋은 목소리였다. 테
피존은 그런 목소리에 사내가 젊은 나이임을 짐작했는지 형
이라고 불렀다.

"나는 로만인이란다."

"로만인이요? 아! 그래서 그 코호몽이란 곳에 있었구나. 울
아버지가 막 쓰러져서 피 흘리고 있는 형을 구해왔대요."

"코호몽? 그곳이 코호몽이었구나. 백색의 방이 코호몽에
있었다니……."

"네?"

테피존이 고개를 갸웃거렸다. 백색의 방이니 뭐니 하는 단어는 처음 듣는 낯선 단어였다.

사내는 고개를 저었다.

"괜찮다. 지금 생각할 게 많아서 그런데, 내일 다시 와주겠니?"

"음, 네 알겠어요."

"아, 그리고 어른들한테는 아직 말하지 말아다오."

"그럴게요. 근데 저, 여기 오는 거 걸리면 혼나는데……."

혹시나 혼날까 봐 망설이는 모습이 영락없는 어린애였다. 사내의 입가에 미소가 걸렸다.

"걸리면 내가 도와달라고 부른 거라고 말해주마."

"정말이죠?"

테피존이 반색해 되물었다. 사내는 말없이 미소만 지으며 고개를 끄덕였다.

테피존은 희희낙락한 얼굴로 꾸벅 인사를 하더니 조용히 방을 나갔다. 그 뒷모습을 한참이나 바라보던 사내는 갑자기 웃음을 흘렸다.

"큭… 큭큭."

웃음이 입술을 비집고 튀어나왔다.

"살았군. 1%의 확률로 살았어."

어쩔 수 없는 선택이지만, 정말 살아날 줄은 몰랐다.

사실 죽음을 감수하고 뛰어내리지 않았던가.

사내, 그는 다름 아닌 비첼이었다.

절벽에서 추락했던 비첼은 로만이 아닌, 먼 타국인 도시 국가 에페르넨에서 눈을 떴다.

*   *   *

"의사 아저씨는 처음에 막 고개를 내저었다니까요. 근데 형은 이렇게 눈을 뜨고 건강하기까지 하니까, 그 아저씨는 돌팔이겠죠?"

"돌팔이라. 그런 말은 어디서 배웠니?"

"울 아버지가 자주 하는 말이에요. 의사 아저씨들이 귀한 몸들이라 사칭하는 나쁜 놈들이 있다고. 그 사람들이 다 돌팔이래요."

신나서 이야기를 떠들어대는 테피존. 비첼은 하하 웃으며 테피존의 머리를 살짝 헝클어줬다. 테피존과 대화를 하며 비첼은 제법 많은 정보를 모을 수 있었다.

'대략 이십여 일 누워 있었다고? 흠. 추락되자마자 발견된 것인지, 아니면 시간이 지나서 발견됐는지가 문제군. 하여튼 시간이 많이 흘렀어.'

비첼은 처음 이곳이 에페르넨이라 했을 때 쉬이 믿을 수 없었다. 로만과 에페르넨은 중간에 상당히 긴 산맥을 두고 경계에 있었기 때문이다. 로스트와는 길이 연결되어 있다만 로만하고는 경계가 명확했다. 설마 도시 국가인 에페르넨일 줄 어찌 알았겠는가.

하지만 테피존이 거짓을 말하고 있다고 생각하기에는 무리가 있었다.

또 의사란 존재가 더욱 그랬다.

의사란 직업은 남부 도시 국가 연합에만 존재한다. 로스트나 로만, 심지어 붉은 제국까지도 의료 시설은 낙후되어 있다. 물론 붉은 제국은 전쟁으로 말미암아 의술이 급격히 발달하고 있어 이야기가 다르긴 하지만.

하여튼 남부 도시 국가 연합은 대륙 곳곳에서 벌어들이는 재화를 의술에 많이 투자했다. 돈이 많으면 권력을 노리고, 권력을 갖게 되면 오래 살기를 소망한다. 당연히 의술이 발달될 수밖에 없었다. 그렇게 해서 남부 도시 국가 연합엔 전문 의료 인력인 의사가 탄생하게 된 것이다.

그런 의사를 당연시 말하는 걸 보아하니, 이곳은 확실히 남부 도시 국가 연합이 맞았다.

'그렇지만 이상하군. 이곳까지 오는데 응급치료만 했을 뿐, 사실상 난 방치됐을 텐데. 이렇게 살아날 수가 있나?'

그 높은 절벽 위에서 추락했다

천운으로 다행히 죽지 않았다고 해도 뼈도 못 추릴 부상을 입을 것이 분명했다. 우연찮게 발견되어 여기까지 호송된다고 해도 시간이 많이 걸린다. 로만에서 에페르넨 사이에는 산맥이 경계로 서 있다. 그 산맥을 넘는데 시간이 얼마나 걸리겠는가? 그동안 비첼이 죽지 않고 살아남았다? 무언가 어폐가 있었다. 상행 중에 제대로 된 치료도 이루어지지 않았을 터!

"그 돌팔이 의사가 형 회복 속도가 비정상적으로 빠르댔어요. 자긴 손도 되지 않았는데 저절로 치료가 된다고……. 그런 걸 막 자연 치유력이라고 했었는데."

"……."

테피존의 말에 비첼의 머릿속에 벼락처럼 스치는 기억들이 있었다.

카이로 때도 그랬다.

골드락의 마나에 당해 족히 몇 달은 앓아누워야 할 부상을 입었다. 마나에 대한 상해를 입는다면 회복하기까지 시간이 오래 걸린다고 그때 로무가 말했다.

그러나 비첼은 놀랍게도 하루 이틀 만에 싹 나았다. 골드락의 주먹 자국도 며칠 되지 않아 완벽하게 사라지지 않았던가? 그런 괴물 같은 회복력에 로무가 혀를 내둘렀었다. 그뿐만이 아니다. 전쟁 중에 부상을 입었을 때, 노카일과 코아락은 힐링 포션으로 인해 겨우 구사일생한 반면 비첼은 포션을 쓰지 않고도 가장 먼저 회복되었다.

그땐 몸이 건강해 그저 회복이 빠르다고만 생각했다.

한데 지금 와서 생각해 보니 너무나 이상했다.

사람 같지 않은 회복력!

'대체 뭐지?'

본인도 믿기 힘들다. 곰곰이 생각해 보면 이런 적이 한두 번이 아니었다. 리바이벌에서 수많은 임무를 수행하다 보면 부상을 자주 당했다. 그렇지만 부상을 금방 털고 일어섰다. 늘 그랬다. 감기 같은 자잘한 병에 걸린 적도 없다. 병에 앓아누운 적이 단언하건대 단 한 번도 없었다.

부르르!

비첼의 몸이 잘게 떨렸다.

밝혀지지 않는 비밀!

자신도 모르는 비밀이 있다. 바로 자신의 신체에!

"형? 형! 제 말 듣고 있어요?"

"어? 아, 미안하다. 잠깐 딴 생각이 들어서."

"에휴. 나만 입 아프게 떠들었네. 아참, 형은 이름이 뭐에요? 생각해 보니까 우리 서로 이름도 모르잖아요. 전 테피존이라고 해요, 테피존!"

"난 비첼이라고 한다."

"아. 형도 평민이네요. 성이 없는 거 보니까."

"왜, 평민 같아 보이지 않아?"

"음. 뭐랄까. 막 목소리에서 풍겨지는 그런 말투에서 좀 뭐라 해야 하지. 하여튼 그런 게 있었어요."

"……."

비첼은 고개를 끄덕였다.

한때 제국 귀족인 척하느라 제법 고상한 어투가 입에 배여 있었다. 또 싱그레이를 상대로 정중한 말만 하다 보니 고상하고 또 세련된 어투가 되었다. 테피존의 말대로 말투가 확실히 달라 보일 것이다. 일반 평민에 비해서는.

"테피존. 혹시 아버지를 뵐 수 있을까?"

"아버지요? 어, 이제 그럼 말해도 되요? 형 깨어났다고?"

"그럼. 대충 생각을 정리했고, 고맙단 인사를 하고 싶구나."

"네, 알겠어요! 금방 불러올게요!"

테피존은 금방 쪼르르 밖으로 나갔다.

얼마 되지 않아 테피존은 이제 마흔을 넘긴 듯한 중년 남성을 데리고 왔다.

그가 바로 테피존의 아버지 쿤데라였다. 쿤데라 상단이라는 본인 이름을 딴 중소 규모의 상단을 이끄는 상인이었다.

비첼은 쿤데라와 대화를 나누었다.

어떻게 자신을 발견했고, 어떤 조치를 취해줬는지 머릿속에 드는 의문들을 차분히 질문했고 쿤데라도 성심성의껏 대답했다.

비첼이 여기까지 호송되는데 걸린 시간은 대략 한 달이 넘는다고 한다. 그동안 비첼은 당장 죽어도 이상하지 않은 부상을 입어놓고도 계속해서 살아남아 쿤데라를 비롯한 상단의 단원들을 놀라게 했다고 한다.

중간에 포기하고 버리고 가자는 의견도 많았지만, 꿋꿋이 하루하루를 견뎌내는 모습에 쿤데라는 산맥을 넘어 여기까지 그를 데리고 온 것이다.

"난 그저 감탄했소. 비록 정신을 잃은 상태지만, 살고자 하는 의지가 엄청나게 강력하기에 그런 부상을 입고도 살아남은 것 아니겠소?"

"후우. 정말 감사합니다."

"감사하긴, 사실 의사에게 당신을 보였을 때 상황은 암울했소. 의사는 이미 가망이 없다고 판정을 내렸지. 근데 놀랍소. 며칠 되지 않아 점차 차도를 보이더니 이렇게 눈을 뜨셨구려."

"혹여 저에게 힐링 포션이라도 사용한 겁니까?

쿤데라가 고개를 저었다.

"내 그 생각도 안 해본 건 아니지만, 마침 이곳에 왔을 때 힐링 포션은커녕 약초 하나 구하기 어려웠소. 상당한 재물을 주고서라도 구입하려고 했지만, 국가적인 차원에서 막고 있소."

"예?"

비첼은 쿤데라의 말에서 이상한 점을 느꼈다.

힐링 포션이 고가의 물건이라 국가적인 차원에서 관리한

다고 해도 별 이상한 점은 아니다. 하나 상인이 황금을 주고 서라도 구하기 어렵다니. 아무리 구하기 힘들더라도 마음만 먹으면 충분히 구할 수 있는 게 포션이다.

포션은 그렇다 치고, 약초마저 구하기 힘들다니?

"지금 에페르넨은, 아니 남부 도시 국가 연합은 전쟁을 준비하고 있소."

"전쟁!"

정신이 번쩍 뜨였다.

전쟁.

이곳에 오기 전에 비첼도 전쟁의 향기를 맡았다.

제국이 전쟁 준비를 하고 있음은 진작 파악했다. 한데 이곳에서 전쟁이란 단어를 들었다. 남부 도시 국가 연합이 어느 국가와 전쟁을 하겠는가!

"붉은 제국입니까?"

"그렇소. 그 미친 황제가 또 병이 도진거지."

"……"

"비첼이라 했소? 당신은 로만인이라 들었소. 로만인이라 잘 알겠지. 제국이 전쟁을 하고자 마음먹었다면 우리 남부 도시 국가 연합이 얼마나 버틸 수 있을 것 같소?"

"……"

비첼은 차마 대답하지 못했다.

제국의 전쟁이 남부 국가 연합을 향할 줄은 생각도 못했다.

기껏해야 왕국이라고 부르기도 뭐한 아주 작은 소왕국들을 노리거나, 미개척지에서 살아가는 야만인을 상대로 전쟁을 벌일 줄 알았다.

하나 남부 도시 국가 연합이라니!

남부 도시 국가 연합은 그 힘이 로스트와 로만에 필적한다.

SCSU를 상대로 전쟁을 한다는 것은 제국도 총력전을 감행할 생각을 해야만 한다.

'정말로, 류블로프 이 개자식이 그 미친 계획을 진행시킬 생각인가?'

총력전이 아니라면, 그것밖에 없다.

과거의 로스트를 완전히 죽이고, 새로운 붉은 제국으로 만드는 작업.

싸울 수 있는 젊은 사내들을 모조리 전쟁터로 끌고 가 다 죽여 버리는 미친 생각.

그것이 아니라면 남부 도시 국가 연합과 전쟁을 벌일 이유가 무엇이 있겠는가!

일석이조이리라.

로스트의 20~40대 장정 인구 비율을 크게 줄이고, 또 도시 국가 연합까지 점령한다면……!

그야말로 대륙 역사상 전무후무한 대륙일통이 이루어지고 마는 것이다.

비첼의 몸이 잘게 떨렸다.

　　　　　*　　　　*　　　　*

　비첼이 쿤데라에게 몸을 의탁한지 한 달이 지나갔다. 마음
같아선 당장 밖에 뛰쳐나가고 싶었지만 애석하게도 몸 상태
가 좋지 못했다. 그러나 한 달이란 시간도 놀라운 것이다. 상
태를 확인하러 온 의사가 놀라서 무슨 약을 먹은 것이냐고 닦
달할 정도였으니 오죽하랴.

　한 달 만에 비첼은 제법 빠르게 걸을 수 있을 정도로 몸을
회복했다.

　"후우."

　답답했던 방에서 나와 비첼은 크게 심호흡을 했다.

　밖에 나와 보니 부산스런 움직임이 눈에 보인다.

　많은 병사들이 창칼을 들고 곳곳을 돌아다니고 있었다. 늘
시끄러워야 하는 시장은 어느 순간부터 문을 닫고 열리지 않
았다. 전쟁이 다가오고 있다는 소문이 쫙 퍼진 상태. 도시는
무거운 분위기에 숨이 막히고 있었다.

　"카이로를 보는 것 같군."

　비첼의 눈이 아련해졌다. 부지런히 전쟁 준비에 착수는 병
사들의 모습이 마치 과거의 카이로를 보는 듯했다.

　그간 쿤데라와 테피존을 통해 바깥소식을 들어온 비첼은
전쟁이 급박했다는 걸 느낄 수 있었다. 제국은 노골적으로 전

쟁을 준비하고 있었다.

로스트에선 십만에 가까운 장정이 징집되어 도시 국가 중 하나인 로스타와의 국경에 배치되고 있었다. 남부 도시 국가 연합에서는 연합 통령인 다스몽이 직접 로스트 총독부에 항 의서한을 보내는 등, 강력히 반발하면서 제국과 SCSU 사이의 긴장감은 갈수록 심해졌다.

당장 전쟁이 일어나도 이상할 것 없는 분위기였다.

"비첼, 여기 있었군."

"아, 쿤데라 님."

비첼을 찾은 사람은 쿤데라였다.

쿤데라는 아침부터 어딘가 갔다 왔는지 이마에 땀을 흘렸 다. 쿤데라는 이마를 소매로 훔치고는 품속에서 무언가 꺼내 줬다.

"저번에 부탁한 신분증이오. 남부 도시 국가 연합에 소속 된 도시 국가라면 신분이 증명되오. 일단 고향은 저기 로스타 로 했소."

비첼은 일주일 전쯤에 남부 도시 국가 연합에서 사용할 수 있는 신분증을 구해달라고 요청했다. 안 그래도 도움받는 입 장에서 난처한 부탁을 하는 것 같았지만 비첼의 말이라면 일 단 따르고 보는 테피존이 쿤데라를 설득했다.

제법 힘이 있는 상인인 쿤데라가 위조 신분증을 만들어내 는 것은 어렵지 않았다.

"감사합니다."

"비첼, 정말로 전쟁터로 갈 것이오?"

비첼은 그 질문에 말없이 웃고는 쿤데라로부터 받은 신분증을 바라보았다.

그곳엔 단 두 글자로 이루어진 이름이 쓰여 있다.

비첼이 아니었다.

신분증에 적힌 이름.

'로무……'

Chapter 10
신병 로무

제국의 선전포고!

대륙 남단의 도시 국가 연합에 대한 선전포고는 그야말로 충격에 가까웠다. 비록 힘이 약한 도시 국가라지만 그들의 연합은 공고했고 또 강력했다. 아무리 제국이라도, 전쟁 후유증에 시달리는 제국으로서는 감히 전쟁을 할 줄 누가 알았던가.

제국은 로스트에서 조직된 십만의 병사를 출병시켰다.

그들의 진격에 도시 국가 로스타는 성문을 굳게 잠그고 병력을 일제히 집결시켜 수성에 나섰다.

로스타는 2만 명의 병력과 급히 조직된 4만의 시민 의용군으로 결사적인 항전을 보였다. 그러나 제국은 이어 로스트에서 다시 병사들을 징집해 로스트 장정들로만 구성된 십만 명을 투입했다.

단시간에 20만에 가까운 대병력이 고작 도시 하나에 불과한 로스타에게 쏟아진 것이다.

엄청난 병력에 공고했던 성벽도 무너져 내렸고 결사적으로 항전하던 병사들도, 시민들도, 그리고 로스타의 통령도 죽을 수밖에 없었다.

마치 폭풍처럼 몰아치는 제국군에 로스타는 결국 함락했다.

그러나 살아남은 병사들과 시민들은 또 다른 도시 국가인 에페르넨으로 이동했다.

도시 국가 연합은 에페르넨을 중심으로 힘을 모았다. 비록 로스타는 제국의 갑작스런 선전포고와 무식하기 짝이 없는 인해전술에 무너졌으나 에페르넨은 쉬이 무너지지 않으리라.

이미 에페르넨에는 각 도시 국가에서 모인 병력이 물경 5만에 이르렀다.

무엇보다 병사들은 계속해서 모이고 있었고 수많은 군수 물자들이 집결되고 있었다.

비록 국력은 약했으나, 그것을 합함으로서 힘을 합친 도시 국가들의 저력은 감히 무시할 수 없을 정도였다.

"이번에 징집된 신병들입니다."

연합군 총사령관을 맡은 에페르넨의 장군이자 귀족원의 부원장인 척 모리스는 이번에 새로 들어온 신병들을 살폈다.

전쟁을 앞두고 에페르넨은 도시 전체에 징집령을 내렸고 칼을 들 수만 있다면 모두들 이렇게 신병이 되었다.

물론 이들 중에는 자원해서 입대한 젊은이들도 많았다.

하나 대부분이 평범한 삶과 평화를 누리던 이들이었기에 모두들 얼굴이 어두웠다.

전쟁!

그 단어가 전해주는 진한 두려움과 공포가 이들의 얼굴에 어려 있었다.

척 모리스는 그런 모습들을 보면서 내심 착잡했다. 제국군은 그야말로 정예 중의 정예다.

수많은 전쟁으로 다져진 그들의 사기는 하늘을 찔렀다. 한데 그에 반해 연합군은 형편이 없었다.

물론 위기에 달하면 한마음 한뜻으로 결사적으로 항쟁하리라 믿어 의심치는 않지만…….

이들을 이끌고 전쟁을 수행해야 하는 모리스로서는 마음이 편치 않았다.

"자네, 이름이 뭔가."

그런데 모리스의 시야 안으로 한 젊은이가 들어왔다.

대부분이 어설픈 차렷 자세였지만, 그 사내만큼은 각이 잡혀 있었다. 자세뿐만이 아니었다.

눈동자에서 활활 타오르는 이글거리는 뜨거운 무언가가 있었다.

전쟁을 앞두고 결코 겁에 질린 표정이 아니었다.

"충성. 하등병 로무입니다."

우렁찬 목소리는 아니나 당당한 어투였다.

차분하면서도 또박또박한. 척 모리스는 오히려 그것이 마음에 들었다. 잔뜩 군기에 찬 모습보단 이렇게 차분한 모습이 훨씬 바람직했다.

"자세가 좋군. 원래 병사 출신인가?"

로무, 아니 비첼은 잠시 멈칫거리다 이내 답했다.

"로스타에서 싸웠습니다."

"음. 로스타가 무너지는 순간, 그 현장에 있었나?"

"있었습니다. 제국군의 발길에 짓밟히고 시민들은 울부짖고, 여인네들은 끌려가는 지옥 같은 참상을 두 눈으로 보았습니다."

비첼은 당연히 로스타가 함락되는 그 시간, 그 장소에 있지 않았다.

제국이 선전포고를 하고 로스타를 공격하는 순간에, 비첼은 이제 막 몸이 거의 완전 회복되고 있었다. 그때까지만 해도 쿤데라에게 의탁하고 있었다. 그러나 쿤데라도 국가로부터 군상을 받아 상당히 바빴고, 로스타가 무너질 쯤에 비첼은 스스로 신병 징집소의 문을 두드렸다.

로스타가 함락되는 그 순간에 없었다고 해서, 어떤 참상이 있었는지 모를 리가 없다. 카이로 때도 그랬고, 북방으로 도망치면서 무너진 수많은 영지에서 보았던 참상이다. 전쟁이 만들어낸 지옥 같은 참상.

그런 비첼의 발언에 주위는 차갑게 얼어붙었다.

"그래? 그걸 본 심정은 어떠했나? 로무 하등병."

"분노가 솟구쳤습니다. 제국의 개 같은 놈들을 다 죽여 버려야 된다는 생각밖에 들지 않았습니다. 솔직히 모릅니다. 나라의 안정? 애국? 그런 거 다 모릅니다."

"……."

전쟁을 하는 이유가 무엇인가?

바로 나라를 지키기 위해서다.

조국을 지키기 위한 애국심이 전쟁에서 승리하는 것이다. 하나 비첼의 발언은 그것을 전면적으로 부정하고 있었다. 비첼의 발언을 듣고만 있던 척 모리스의 얼굴도 돌처럼 딱딱하게 굳었다. 척 모리스 뒤에 있던 부관들이 급히 만류하려던 찰나, 비첼의 말이 이어졌다.

"나라를 지키기 위해서 칼을 들 이유가 없습니다. 나라가 무너지면 내 가족이 위험해집니다. 내 이웃이 위험해집니다. 잔인하기 짝이 없는 제국의 짐승들에게 범해지고 죽임을 당합니다. 전 그들을 지키기 위해 전쟁에 나선 겁니다. 나라를 지킨다는 거창한 말은 장군 같은 분께서 하실 말씀이시고, 저

회 같은 병사들이야 그저 가족만 지키면 되는 거 아닙니까."

"……."

비첼의 말은 이제 신병으로 입대한 하등병이 하는 발언이라고는 도저히 믿을 수 없는 말이었다. 그것도 현재 군 최고계급인 연합군 총사령관의 면전 앞에서 말이다. 절대로 일어날 수 없는 말도 안 되는 상황이지만 비첼은 하고야 말았다.

'어차피 이대로라면 무조건 질 수밖에 없다.'

지금의 제국군이 과거 정예병들은 아니다. 로스트인들로 구성된 병력이기 때문에 질적 차이는 없다. 그러나 '사기'가 문제였다. 제국군은 연이은 승리로 상당히 고무된 상태. 그에 반해 전쟁이라곤 꿈도 꾸지 못했던 여기 병사들은 완전히 굳은 상태다. 이런 상황이라면 결국 질 수밖에 없다.

그것을 정확히 간파해낸 비첼은 신병들의 사기를 북돋아주기 위해 저런 당돌한 발언을 했다.

과연, 비첼의 발언은 상당한 파장을 불러오고 있었다.

신병들 사이에서 짧은 웅성거림이 있었으나, 그들의 얼굴엔 단호한 결의가 점점 맺혀지고 있었다. 척 모리스는 비첼을 유심히 바라보더니 이내 고개를 끄덕였다. 그리고 단상 위로 올라가 칼을 꺼내들었다.

"그래. 로무 하등병의 말이 옳다."

"……."

"너희들은 그저 병사다. 전쟁터의 수많은 병사들 중 하나

일 뿐이다."

"……."

"죽고 죽이는 지옥 같은 전쟁에서 거창하게 나라를 구한다는 명목으로 싸울 이유는 전혀 없다. 나라를 지키기 위해 애국한다는 말도, 순국한다는 말도 생각할 필요도 없다. 단지 이것 하나만 명심하라!"

척 모리스는 목소리에 마나를 담아 울렸다.

넓은 공터에 척 모리스의 목소리가 또렷이 울렸다.

"그저 집에 남겨진 가족을 지킨다고만 생각해라. 딸과 아들, 누이, 부인, 늙으신 부모를 지킨다는 생각만으로 싸워라. 단지 그것만 하면 된다. 나라를 구하는 건 우리가 하겠다. 나라를 지키겠다는 건 우리 귀족들이 하겠다. 에페르넨의 시민들이여, 나아가 위대한 도시 국가 연합의 시민들이여, 우리는 저 짐승 같은 제국의 야욕에서 승리할 것이다. 반드시!"

"와아아아아!"

귀를 먹먹하게 할 정도로 엄청난 환호가 터져 나왔다. 비첼은 그제야 표정을 풀 수가 있었다. 비록 아직도 굳어진 얼굴로 두려워하는 병사들이 보였지만, 그래도 전보단 나았다. 적어도 조금은 홀가분한 얼굴로, 거창하게 나라를 구한다는 부담감에서 벗어난 표정들.

비첼은 어느 정도 이번 전쟁에서 희망을 보고 있었다.

사실 비첼이 이번 전쟁에 참전하기로 결심한 데에는 여러 이유가 있었다.

제국의 전쟁으로 인해 국경선이 긴장 상태로 돌입하면서 비첼이 로스타로 돌아가기에 상황의 여의치 않게 되어버렸다. 더구나 몸이 거의 회복될 쯤에 로스타가 공격당하고 있다는 소식이 들려왔다.

여기서 비첼은 선택할 수밖에 없었다.

어차피 도시 국가에 남아 있으면 전화에 휩쓸릴 수밖에 없는 상황이다.

더구나 남부 도시 국가 연합에는 비첼의 기반이 전무했다. 여기서 정세가 어떻게 돌아가는지 알아보기도 힘들었고, 전쟁이 어떻게 돌아가는지 확인하기도 어려웠다.

더구나 결국에는 도시 국가 연합이 아무리 버티고 버틴다고 해도 승리는 제국이 될 것.

그것만큼은 막아야 했다.

도시 국가 연합이 무너진다면 더 이상 대륙에는 제국을 상대할 수 있는 대항마가 사라지고 만다. 비첼을 비롯한 로스트 부흥군은 외로이 싸울 수밖에 없다.

그래서 비첼은 전쟁에 참전하기로 결심했다.

그간 수많은 전쟁에서 경험을 쌓은 비첼이다. 제국과 끝없이 싸우면서 누구보다도 제국의 약점을 잘 파악하고 있는 사람이 바로 비첼이다.

비첼은 전쟁에 참전해서 어떻게든 전세를 도시 국가 연합이 승리할 수 있도록 조정해볼 생각이었다. 물론 이 생각은 지금 제국군의 주축이 로스트인으로 구성된 것 때문에 할 수 있었다. 만일 제국군이 본래의 정예병들로만 이루어져 있었다면 비첼은 이번 전쟁이 무조건 도시 국가 연합이 패망할 거라 보고 진작 여길 떠났으리라.

하나 어차피 저들도 대부분이 경험이 별로 없는 오합지졸일 터.

그렇다면 해볼 만한 싸움이었다.

*   *   *

비첼은 신병 두 명과 함께 자대를 배치받아 움직였다. 비첼이 배치받은 부대는 제44 백인대의 3 십인대였다.

도시 국가연합은 여섯 개 국가의 병사들을 효율적으로 관리하기 위해, 십인대, 백인대, 천인대, 그리고 만인대로 이루어지는 부대 체계로 구성되어 있었다.

비첼은 잔뜩 굳은 두 명의 동기와는 달리 어느 정도 여유를 가지고 부대를 찾아갔다.

"음?"

부대기가 나부끼는 막사로 갔건만, 막사는 텅텅 비어 있었다. 다른 신병들이 당황했다. 비첼도 막사에 아무도 없자 난처한 기색을 표했다.

그런데 그때였다.

"아, 신병 새끼들. 이제 왔냐? 빨리빨리 안 뛰댕기냐? 어?!"

잔뜩 미간을 찌푸린 사내가 달려오더니 비첼을 비롯한 신병들을 닦달했다.

"오늘 우리 부대가 성벽 외곽 수비다. 어서 무기 챙기고 따라와, 새끼들아!"

비첼과 신병들은 황급히 그 뒤를 따라갔다. 선임 병사는 잔뜩 무거운 짐을 들고서도 달리는 속도가 전혀 느려지지 않았다. 비첼은 적당히 그 뒤를 따르며 눈을 빛냈다.

'제법, 발이 빠르군. 지구력도 좋아. 어느 정도 실력이 있군.'

첫인상과는 달리 확실히 실력이 있어 보였다.

얼마나 달렸을까.

선임 병사는 서문 성곽에 도착해 계단 위로 성큼성큼 올라갔다.

"헉, 헉헉……."

비첼은 슬쩍 고개를 돌렸다. 동기 신병 두 명은 얼굴이 창백해지고 땀을 비 오듯 흘리고 있었다. 하기야 중앙 막사에서 여기까지 쉬지 않고 달려왔다. 평소에 훈련을 받지 않았던 일반 시민들이 버텨내기란 쉬운 일이 아니리라.

"좀만 힘내시오. 성벽 위로만 가면 괜찮을 거요."

"헉, 헉."

비첼은 그 둘을 다독이며 선임과 적당한 거리를 유지하며 올라갔다.

성벽 위에 올라서자 넓은 벌판이 한눈에 펼쳐졌다.

그곳엔 비첼이 배치된 부대의 깃발이 바람에 거세게 나부꼈다.

그 깃발 아래로 잔뜩 헝클어진 머리의 사내가 벌판을 보며 서 있었다.

선임 병사는 사내에게 다가가 보고했다.

"십인장님. 이번에 들어온 신병들 데리고 왔습니다. 야, 와서들 인사해라. 십인장인 허셀 님이다."

"충성. 하등병 로무."

"충성! 하등병 어람!"

"충성! 하등병 코펩!"

비첼과 신병 둘이 바짝 다가와 경례를 올림에도 십인장 허셀이란 자는 고개를 돌리지 않았다. 그는 심각한 눈빛으로 벌판의 끝을 바라보고 있었다.

"저, 십인장 님?"

"젠장……."

"십인장 님?"

"저기를 봐라."

"예?"

허셀은 손가락으로 벌판 끝을 가리켰다.

그 말에 의아한 표정을 짓던 선임 병사의 얼굴이 이내 차츰 창백하게 질렸다.

뿌우우우우!

그리고 거세게 울리는 뿔고동소리!

둥, 둥, 둥, 둥!

심장박동처럼 울리는 장엄한 북소리!

착착착착.

저 멀리서 먼지구름을 일으키며 일사분란하게 전진해 오는 대군의 그림자가 보이기 시작했다.

『영웅병사』 4권에 계속…

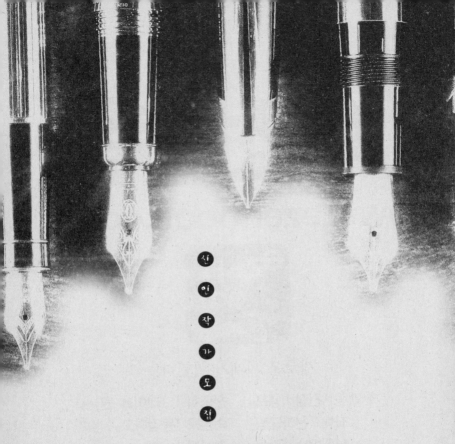

FUSION FANTASTIC STORY
천성민 장편 소설

짐승의 규칙

『무결도왕』 『다크로드 블리츠』
천성민 작가의 신간!

『짐승의 규칙』

살아야만 했다.
나를 위해 희생당한 부모님을 위해.
복수를 위해.

죽여야만 했다.
내가 살기 위해 타인의 목숨을.

그렇게……
나는 짐승이 되었다.

Book Publishing CHUNGEORAM

유행이 아닌 자유추구 -

WWW.chungeoram.com